大雪纷飞

李金桃 著

四川大学出版社

项目策划：段悟吾
责任编辑：杨岳峰
责任校对：吴连英
封面设计：悟阅文化
责任印制：王　炜

图书在版编目（CIP）数据

大雪纷飞／李金桃著．— 成都：四川大学出版社，2019.12

ISBN 978-7-5690-3320-5

Ⅰ．①大… Ⅱ．①李… Ⅲ．①中篇小说－小说集－中国－当代 Ⅳ．① I247.5

中国版本图书馆 CIP 数据核字（2019）第 291552 号

书名	大雪纷飞	
	DAXUE FENFEI	
著　者	李金桃	
出　版	四川大学出版社	
地　址	成都市一环路南一段 24 号（610065）	
发　行	四川大学出版社	
书　号	ISBN 978-7-5690-3320-5	
印前制作	天恒仁文化传播	
印　刷	成都市兴雅致印务有限责任公司	
成品尺寸	145mm×210mm	
印　张	6	
字　数	150 千字	
版　次	2020 年 7 月第 1 版	
印　次	2020 年 7 月第 1 次印刷	
定　价	39.80 元	

◆版权所有 ◆侵权必究

◆ 读者邮购本书，请与本社发行科联系。
　电话：(028)85408408/(028)85401670/
　(028)86408023　邮政编码：610065
◆ 本社图书如有印装质量问题，请寄回出版社调换。
◆ 网址：http://press.scu.edu.cn

四川大学出版社
微信公众号

目录
CONTENTS

成长篇

大雪纷飞 / 2

爹的亲圪蛋 / 19

三九和朵朵 / 27

燕儿雪中飞 / 35

爱情篇

月下影 / 54

| 雪　红 / | 89 |
| 反方向 / | 135 |

家庭篇

老伴儿 /	148
赌　气 /	162
较　量 /	174

成长 篇
CHENGZHANG PIAN

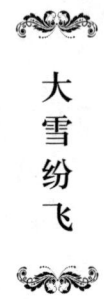

大雪纷飞

下雪了,窗外一片白,雪映着,家里感觉比往日亮得早了些。

妥子早早醒来了。一入冬,草原上滴水成冰,下了雪,雪不到立春,绝不会消。风把浮雪从这一块吹到那一块,背风处能堆积起半房高的雪墙。现在是浮雪,扫帚能扫动,堆积到一起的就得用铁锹铲了。

他怕吵醒秀梅,慢慢坐起来穿衣服,想着扫完院儿扫了街再扫出几条小路到各家门口,得扫一阵子。几家人相互串门,路不能被雪封了。

妥子把顶门杠拿开,一拉门,倒吸了一口冷气。雪停后,擦地皮的风又刮了起来,西南风掀被子似的把雪吹起来,扑打在人脸上。

扫雪前,妥子想把炉子点着。老婆孩子还睡着,生着炉子,他们能暖暖和和多睡一会儿。炉筒子是穿过玻璃伸到窗外的,这里很少刮西南风，伸到窗外的炉筒子一直没安炉拐弯，今天，没有炉拐弯却不行，西南风会把烟吹回屋里。妥子站在窗台上给炉筒子安炉拐弯。安好后，他向草原上望了一眼，白茫茫一片，分不出天地，草原似乎也变小了，像一块白地毯。突然，他看到一红衣女子向这边走来，越走越近，已经走到村口。雪地上，那团红特别醒目。

这么大的雪谁家来了亲戚？他咚咚咚敲了几下玻璃，喊秀梅。秀梅取下窗帘，隔着玻璃瞪他。他指着女人让秀梅看。

"看，看，谁家来亲戚了？"

"大雪天的，谁还出门？"秀梅揉着惺忪的眼睛看他。因为隔着玻璃，秀梅的声音就有点大，孩子们被吵醒了。女儿大豆、二豆和儿子铁蛋几乎同时趴在玻璃上，齐刷刷地，像三只等着接食的燕子。没等秀梅回话，三个孩子先做出了自己的判断。

"来亲戚了，红衣红帽，真好看，谁家的？"

"我想她不会进咱家。"

"咱家没有打扮这么好看的亲戚。"

"说不定是小姨买红衣服了。"

红衣女子走近了，她穿着一个没过小腿的大红羽绒服，下面穿着裙子，露着一截流苏花边，她的怀里抱着一个红包袱。她好像走了很长的路，雪沾了半身。单从她戴着的红瓜壳帽子，就能看出她绝对不是坝上人。坝上人都喜欢围头巾，花花绿绿的头巾，从头顶围下来，在下巴处系疙瘩。这么时髦的女子，在坝上绝对见不到。红衣女子从石头院墙边走过时，向他家望了一眼。

坝上分为上头、下头、东头，这三个地方被两片小树林隔着。妥子家住在下头，下头共有八户人家，东头有十几户，上头住的人家最多，有四十多户，后来人们盖新房都在上头建。村里对上头有

规划,上头是示范村的代表,所以,上头的房子盖得整整齐齐的。下头的房子不整齐,前面三户,中间两户,后街两户,最南边就妥子家一户。搬走的人家也不拆房,旧房歪歪扭扭,有门没窗户,有窗户没门,院墙大都倒塌了。下头有两户常年外出打工的,一个是死了爹娘的刘日成,一个是大栓全家。他们的房子都在后街,下头最后一排,也不挨着,两家院墙中间隔着一个场面。秋天,几户人家拉回的庄稼都堆在后街,到了冬天,那里连个脚印也没有。到上头的人,出了自家门往东走就能上大道,到东头更不经过后街,所以,后街几乎没人通过,后街两户人家的房子被雪埋了半截儿,两家的门窗都用砖头封着。往年,大栓全家冬天回来过年,开了春封了门窗再出去,今年秋天,大栓回来把自家的地租出去了,说他在城里买了房,以后回来得少了。刘日成呢,这几年干脆没了影儿,只听人说他在城里混得不错。刘日成是他爹从城里捡回来的,他娘不生育,捡了他像捡了宝似的。刘日成从小长得白净,和村里人吃一样的饭,吹一样的风,长到20岁,却还是白白净净的,一点不像坝上人,晒不黑不说,还吃不壮。刘日成24岁时,还没找到对象。女孩子看上他了,女孩的父母看不上,嫌他白净,嫌他身子单薄,干不了地里的活儿。25岁那年,刘日成出外打工了。同年,他爹娘在家生炉子,晚上嫌冷,用煤渣封了炉子,结果因煤气中毒身亡。刘日成回来打发了爹娘,封了门窗又走了。这一走就再没回来。

　　下头虽然人家少,但能聚团。就像捏泥巴,拿少了,抓在手里就捏成球,拿多了,不使劲儿捏不到一起,一使劲儿呢,又容易捏成几个散块。下头的八户人家就像一家人,谁家来了亲戚,不管是这家的七大姑八大姨,还是连襟、妯娌、小舅子,一家来亲戚,几家轮着请吃饭。一家请吃饭，各家都把夏天储备的好吃的拿出来凑桌子。一家请吃饭，就得请几个陪吃的，男亲戚来呢，就请各家的男人陪吃；女亲戚来呢，就请几家人陪吃，光女人们陪不热闹。女亲戚一来，吃饭时就像小型的生日宴或婚宴，孩子们兴奋得跑出跑进，热闹劲儿如同过年。尤其在冬天，冰天雪地，冷冷清清的，这样热闹一番大家伙儿都高兴。

这位红衣女子，妥子一家人也没认出是谁家的亲戚。秀梅让妥子跟着看看这女子进了谁家，妥子无缘无故脸红了，好像是让他干见不得人的事似的。第一次相亲，他见到秀梅时就这表情。秀梅眼睛一白，瞪他一眼说，看把你眼馋的。

待秀梅穿好衣服出了院儿，红衣女子已经没了影子。

屋里，大豆、二豆和铁蛋过年似的欢呼雀跃，他们说，这下想吃什么就能跟娘要什么了。

他们知道，不管是谁家亲戚来了，他们肯定有好吃的了。前几天，大豆嚷嚷着想吃炸糕，娘说，时不时晌不晌的，又没来亲戚，懒得铺排，等来了亲戚一起吃吧。二豆鬼精，心眼多，脑子活，想吃酥饼了，就给小姨打电话，说她想小姨了，让小姨来一趟，说小姨从生了小弟弟后还没来过呢。小姨说，冰天雪地的，走一步打三滑，小弟弟还不到一岁，动一次身很难，尿褥子尿垫子得带一大堆，等开春暖和了就去。

他家亲戚也就小姨来得勤，小姨来了，各家都高兴。小姨心灵手巧，会画鞋垫样，用钩针钩电视套、圆桌布，想要什么花样，小姨就能做出什么花样。她一来，各家都抢着请她，每次小姨来，下头几户人家都能热闹好多天。

小姨来不了，二豆为此还哭了一通。

再想吃什么好吃的,大豆和二豆就让铁蛋要。铁蛋要星星,爹娘还捎着摘个月亮。可是,没几天,她们的计谋就被爹娘识破了,为此还落下个共用的外号:馋猫。

秀梅头没梳,脸没洗就到房后灵子家了。灵子娘还没起,她从门缝把顶门棍捅开,进了家,咋咋呼呼讲起了红衣女子。灵子爹在镇里教书,周六周日才回来。灵子娘搂着灵子,娘俩盖一床被子,被子上面又搭着一床被子,炕上像堆了个土堆。一大早被秀梅吵醒,灵子娘接二连三地打哈欠。

听说下头来了亲戚,妥子一家人还不认识,灵子娘一下醒机灵了。她围着被子坐起来,问那女子的高矮胖瘦、脸盘长相,两人说了半天,也没猜出是谁家亲戚。秀梅站在地上,冻得瑟瑟发抖。她弯腰把炉灰掏了,噼里啪啦给灵子家生起了炉子。灵子娘也不见外,告诉她柴在门后,炭在灶坑。秀梅边生炉子边跟灵子娘聊天。

灵子娘说:"看来一定是咱下头人家的亲戚了。"

秀梅说:"咋不是呢,那样子也不像走错的,也没问路,直接就到了下头,肯定就是来下头走亲戚的。"

灵子娘说:"你没见她返回来?"

秀梅说:"没见,我在院儿里看了半天,心想她走错了会返回来。半天没见她出来,这不就来你家了。"

灵子娘说:"那肯定是进了谁家了。我呢,早就想包饺子了,平时,就我和灵子两人,懒得展摊子做。吃饺子,就是吃个红火热闹,明天我请客,你还过来帮忙。咱们两家一块儿吃。"

秀梅就说:"跟你一块儿吃,还不得给你做?别说这么多人的饭,就是你娘俩的饭,没个把小时都端不上桌。"

灵子娘就嘿嘿嘿地乐，说："咋不是呢，我请人吃饭，哪顿离开过嫂子？一来人，我就不知道从哪儿做起了，顾头顾不了脚，丢三落四的，炒菜不是忘了放盐，就是忘了放花椒大料。要我一个人请吃饭，晌午饭也得等到晚上。"说罢，灵子娘围了围被子，又嘿嘿嘿地笑。那堆被子跟着抖，就像小土堆要塌了似的。

炉子生着了，却一个劲儿往家里冒烟。烟往炕上飘，灵子娘捂着被子咳嗽。

秀梅说："不是我说你，炉筒满了也不打。"说着，用炉钩咚咚咚敲打着炉筒，边敲边说，"你听听，你听听这声音，闷闷的，像得了咽炎。你打不了，喊你妥子哥一声，一家人过日子要的就是暖和劲儿，你倒好，把日子过得冷冷清清的。这么冷的家，咋请人家过来吃饭？依我说，明天我先请，过一阵儿太阳照进家了，你就停了火，让妥子先把炉筒子打打，后头你再安排。"

灵子娘说："听嫂子的。没嫁前，有我娘操心，等自己过上日子才知道，少想一步也不行。这几天冷，这炉子也死不死活不活的，一生就冒烟，好容易着了，也是阴阴的，不像你家炉子，红彤彤，我哪知道是炉筒灰满了。结了婚什么也没学会，就知道了男女那点事儿。"以为灵子要醒来，灵子娘边说边拍了拍扭动身子的灵子。

两人就哈哈哈地笑。

秀梅走出灵子家，灵子娘隔着玻璃喊："嫂子，先看看是谁家的亲戚。"

没用半个小时，秀梅就把其他四户人家走了个遍。四户人家都知道来了个红衣女子，可是，红衣女子谁家也没进。

他们都说秀梅看错了,秀梅说:"我一家人都看见了,咋能都看花了眼?"

妥子觉得红衣女子走错路又返回去了,只是没从来路返回去罢了。秀梅说:"咋可能呢?那几户人家上大路都得从咱家门前过,只有这条路的雪常扫,她不按原路返回就得蹚着雪走。没膝盖的雪,她能蹚着走?"妥子说:"说不定在我扫雪时她原路返回去了,你又不是一直在院儿里站着。"

也有可能。说不定在去灵子家的时候红衣女子返回去了。她可能是东头或上头的亲戚。这样想时,秀梅心里有点失落。听说红衣女子不是谁家的亲戚,最伤心的是大豆、二豆和铁蛋。自从入冬,下头没来过一个亲戚。他们觉得冬天的日子太长了,到处白茫茫的,望不着路,望不着人,更望不着远方,不能到野地里跑,家里也没什么新鲜事,真是失望透顶了。

下头这几户人家,只有妥子家一天吃三顿饭。妥子不睡懒觉,每天早早起来生炉子。其他几户睡到太阳照屁股才起炕,起来也不做饭,生了炉子,就去妥子家转一圈。等左邻右舍来了,妥子家早暖洋洋地吃了饭。有时候也让孩子们睡个懒觉,但不会让他们占满炕。他们把三孩子推到炕头一角,让他们盖一张被子,其他被子都垫得整整齐齐的,就是为了迎接上门取暖的左邻右舍。

等邻居上门,他家炉子已经烧得火旺,炉盖都烧红了。炉盖上放着馒头片,馒头片烤得黄脆脆的。炉子下面的炭灰是热的,把土豆埋进去,慢慢焐,慢慢烤,等邻居上门,用炉钩把土豆拨拉出来,磕打一下,灰一掉,土豆就焦黄焦黄的,外黄里白,吃起来特别香。有的邻居,干脆就在他家洗脸,洗了脸吃个烧土豆,看他家缸里水不多了，赶上自己家也要挑水，就拿起扁担捎带给他家的水缸挑满了水。大家处好了，谁也不惜力，不惜财。坝上盛产土豆，人们也爱吃土豆，不管谁家从窖里取土豆，总忘不了给妥子家送一篮子，嘴里说的是"我捎带着取了，你就不用开窖了"。其实呢，是成天吃他家的烧土豆心里过意不去。

这一炉子烧土豆吃完，妥子赶紧准备下一炉子。这是为讲书和听书的人准备的。

讲书的人是刘叔权，他不仅文采好，还能写一手飘逸的毛笔字，下头几户过年写对联都找他。他爱读书，《三国演义》《水浒传》《红楼梦》，他给大家讲了十几年。他讲这些时不用看书，标题和人物对话，他能一字不落地背出来。刘叔权说一段原文，就用家乡话翻译一段，有时，会用一些通俗的甚至是粗俗的话翻译。书里写了脏话，他就骂娘骂爹地讲，引得一屋子人大笑。刘叔权文化高，但威信不高，因为他不懂农活儿。他家是八户人家里最穷的，他家请人吃饭最寒酸。

妥子最爱听刘叔权讲《三国演义》，等他们吃了第一顿饭，妥子的第二炉土豆也烧好了，炉子上再烧一大壶茶水。大家边吃烧土豆、喝茶，边听刘叔权讲书，这个冬天就不漫长了，也不冷清了。

今天，刘叔权讲的是《红楼梦》。一讲《红楼梦》，大人们就把小孩子们打发到灵子家了，灵子家成了孩子们的王国。

刘叔权讲的是《红楼梦》第七回"送宫花贾琏戏熙凤，宴宁府宝玉会秦钟"，讲到焦大乘醉大骂时，刘叔权站在炕上，手叉腰，大骂道："哪里承望到如今生下这些畜生来！每日偷鸡戏狗，爬灰的爬灰，养小叔子的养小叔子，我什么不知道？"说罢，他解释

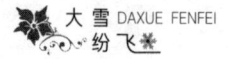

"爬灰"是"老不正经"的意思。

讲了一段《红楼梦》，大人们笑了一上午。人们都把红衣女子忘记了。

午时，窗外又飘起了雪，大家各自回了家。灵子娘刚走一会儿，又气喘吁吁地跑来了，她一进院就急急地喊："一伙孩子在我家玩，唯独没见大豆。"

秀梅说："大豆都6岁了，她是孩子王，丢不了，说不定是撒尿去了。"

灵子娘说："不对，茅厕里没有。孩子们说她早就出去了。我一看她不在，一下想到了红衣女子。你说，是不是红衣女子把她拐走了？"还说，"城里偷孩子的可多了，城里人看得紧，小偷在城里偷不到，就可能到乡下偷。"

秀梅吓得叫了一声。妥子早拿上棉袄，狂奔了出去。

没一刻钟，几户人家都出动了，有去东头各家找的，有去上头各家找的，有去村口看脚印的。

去村口的人回来说，没见小脚印，有几串脚印快被雪埋了，深深浅浅的，都是大人的脚印，估计有红衣女子的。

正吵闹着，去东头找大豆的人也回来了，说东头各家都去了，没见大豆，也没听说谁家来了亲戚。

这一下，秀梅更害怕了，她盘腿坐在炕上，左膝放着二豆，右膝坐着铁蛋。她把两个孩子死死搂住，高一声低一声地哭，边哭边骂："那个红狐狸精，我还盘算着请她吃饭呢，孩子们见了她还稀罕得不得了呢。她倒好，人影一闪，就把大豆倒腾走了，她成心害人呢，成心让我们一家人不好活呢。她是坏了心的大萝卜，外面看着光艳艳的，心却坏了、烂了。她偷我大豆，她不得好报，出门就

- 10 -

得被冻死，死在半路……"

灵子娘说："你就别瞎诅咒了，大豆还在她手上，她冻死在半路，咱大豆咋办？"

秀梅打了个哆嗦，闭了嘴，低声哽咽着。

正在大家焦急的时候，妥子领着大豆回来了。秀梅搂住大豆又哭了一阵，这次，她是边哭边笑。

大豆是去上头找红衣女子了，她在上头整齐的街道转了一圈，还问了几户人家，问见没见着一个穿红衣服的人。人家问她找穿红衣服的人干什么，她还撒谎说她娘要请穿红衣服的人吃饭。人家就说，下头一个冬天都没亲戚来，请亲戚还请到上头来了。

没找到红衣女子，大豆就去了小卖部，用给娘打酱油剩下的五毛钱买了一袋虾条。怕孩子们分着吃，她就绕着走，边走边吃。妥子找着她时，她正就着冷风吃虾条，冻得鼻涕都流出来了。

妥子没好气，往她屁股上踢了几脚。大豆边哭边往嘴里塞虾条。

一冬天都没亲戚来，孩子们嘴馋了，贪吃也难免。好在虚惊一场，大家各自回家了。

大豆挨了打，回来就不高兴，嫌这嫌那。午饭后，秀梅跟妥子说："这孩子想吃炸糕了，不行咱晚上就做吧，别等亲戚来了。这么冷的天，猫儿狗儿都不出门，谁还走亲戚。"

妥子说："咋不是呢，没亲戚来，咱也不能不吃好的吧。"

秀梅就说："我就想吃个热闹。亲戚来了，几家子聚到一块，女人们都使出看家本领，她露这手艺，你露那手艺，几家人的饭，

不知不觉就做出来了,好不热闹。"

妥子说:"还不是你露得多?你炒个鸡蛋也要弄出个花样。"

秀梅就乐,说:"我呢,就是受苦的命,谁家请人不得我去帮忙?为啥咱家夏天就得多晒葫芦条、干豆角?还不是为冬天请客时凑桌子。咱今天吃糕,各家都得送一碗,咱两人又蒸又包又炸,不得做好一阵儿?别说孩子们盼亲戚来,我也盼了。咋一冬天没来一个亲戚呢?咱家的亲戚来不了,那几家的亲戚也来不了,是不是去年冬天咱慢待了谁?"

妥子说:"今年比往年冷得厉害。你看看,又飘起雪花了,成天下,都要封门了,能出远门?"

两口子一边聊天一边忙碌。秀梅做猪食,妥子在炉子上煮红豆,他们一家人都爱吃红豆馅糕。三个孩子就在炕上玩,哪儿也不许去。

外面雪下大了,天更冷了。家里的热气扑在玻璃上立马凝成了霜。玻璃上结着厚厚的一层霜,像挡了一块窗帘,从里面完全看不到外面了。三个孩子看着窗户上的冰凌争论:

"那块多像鸡头,姐,你看,这儿还有鸡冠呢。"

"像河,你看你看,从这儿开始流,到下面就浅了。"

"明明像一朵朵花嘛,咋能是河呢!"

"像棒棒糖,姐,你看,还有个把儿呢。"铁蛋说着就用舌头舔了上去。这一下不得了,舌头粘在了玻璃上,他流着一股涎水直叫唤。大豆冲自己的手哈了口热气,然后把手放在铁蛋舌头附近消霜,二豆往玻璃上淋温水,这才把铁蛋的舌头救下来。

一家人笑成了一团。

做饭以前得把猪喂了，做糕费时间，猪饿了等不了，你在那儿忙着做糕，它能把门给你拱下来。

秀梅提着猪食桶出来时，雪下得更大了，大片大片的雪飘下来，天地间雾蒙蒙的。猪食桶冒出的热气，一出门就变成了一片白雾。

猪食槽里铺着一层雪。她冲屋里喊："喂，妥子，你能不能腾开手，帮我拿把扫帚出来扫扫猪食槽？"

妥子穿着一件绒衣出来了。他边打哆嗦边说："你干个活，净麻烦别人了。"

秀梅看他冻得直打哆嗦，就笑。她边笑边说："还不是离不开你。"她把猪食倒进猪食槽，抬头看妥子，见妥子张着嘴，正痴呆呆地往村外看，身子冻得筛糠似的抖也不进屋。

秀梅顺着妥子的视线看过去，一下也愣了，红衣女子正往村外走。到村外的那条路一直没人扫，雪越积越厚，村里人去前面的公路坐车时就踩着车辙印走。如今几场大雪把车辙印完全盖住了。红衣女子似乎不知道路在哪里，她深一脚浅一脚地往村外走。红衣女子走得很艰难，步子迈得很大，她从雪窝里拔出左腿，却半天拔不出右腿。雪把她的红衣服也染白了，她的身后留下一串雪窟窿。

秀梅把猪食桶咚地扔到地上，拔腿跑了出去。边跑边回头跟妥子说："告诉孩子们，告诉那几家，红衣女子就是咱下头的亲戚。"

秀梅把红衣女子领回来了。

女子浑身是雪，进了家，眉毛上的雪消了，滴滴答答滴着水，

成长篇

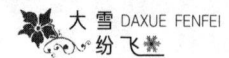

像红衣女子流下的泪。秀梅一进门就兴奋地喊:"这是刘日成的老婆,那小子在城里找了这么好的老婆。"她边说边给红衣女子脱衣服。红衣女子脱了红羽绒服,里边穿着一件红色纱裙。

三个孩子早光脚下了地,大豆、二豆一人拉着红衣女子一只手,铁蛋在后面推。大豆说:"姨姨的手像冰块,得赶紧烤烤。"三个孩子一起拥着红衣女子向火炉边靠近。秀梅拿着红衣女子的羽绒服出院儿扫雪去了,妥子搓着两只手不知道该干什么。看大豆抓着红衣女子的手往红彤彤的炉筒上放,妥子急着喊:"手冻僵了,不能放上去,得赶紧用雪搓。"他从灶坑拿起煤铲出门铲雪去了。

等红衣女子把手、脚、脸都用雪搓了,秀梅才让她上炕。秀梅说,她的身子冻僵了,得慢慢暖和,不能靠近火炉,也不能坐在炕头。三个孩子就簇拥着红衣女子坐在了后炕上。

这时,铁蛋笑着说:"姨姨冻哭了,你们快看,姨姨冻哭了。"

一家人这才发现,红衣女子泪流满面。

红衣女子说刘日成死了,死在了医院里。红衣女子叫雅静,是城里人。她说她是在技术学校认识刘日成的。她们宿舍在红星商场买了空调,商场派刘日成去安装。她说刘日成特别能干,安了空调后,她说她的笔记本电脑开不了机了,刘日成就顺便给她修了电脑。她说他们学校就是学计算机的专科学校,他们几个学生都没修好的电脑,刘日成捣鼓了半天就修好了。她很仰慕刘日成,从那以后,他们成了朋友。她从技术学校毕业后,也应聘到了红星商场。一个月前,她跟刘日成举办了婚礼。他们的婚礼办得很简单,也就请商场几个人吃了一顿饭。刘日成说年后他回村再补办一次，说要请请左邻右舍，让左邻右舍看看他媳妇，他俩还要重新穿上婚礼服给他爹娘磕头。

雅静真是文静，她边说边哭，哭声弱弱的、细细的，但那哭声像坝上的冬天，即使不刮风不下雪，那冷也能一点点侵入人的骨缝里，让人一阵阵战栗。她讲，秀梅跟着哭，三个孩子见秀梅哭，也跟着哭。铁蛋从没见娘这样哭过，娘以前哭，总是边数落边骂着大哭，这会儿，她是悄悄地哭，不言声儿地流泪。那泪越流越多，越抹越多，铁蛋给娘擦不净泪，就哇哇地大哭开了。妥子边哄铁蛋边一声接一声地叹气。

雅静说："那天，我陪刘日成去给一户人家安装空调，那户人家住在28楼。那是一对老夫妻给儿子置办的新房，打算元旦给儿子娶亲用的，家里地暖很好。刘日成安空调时，突然出了一身汗，就像从汗毛孔往出倒水似的，哗一下，整个人就湿透了。我看到他出汗了，正要问他，就见他腿一软，躺在了人家地上。住院后才知道，他有心脏病，先天性的。那时候，要是给他吃颗救心丸或者是别移动他，他可能还有救。倒地后，刘日成抓着我的手，让我赶紧把他弄到楼下。我知道他的意思，人家是新房，他怕倒在人家家里，给新房添晦气。我也没多想，就和几个刷墙的工人把他搀扶到了楼道。等电梯的时候，他还拉着我的手让我把他搀扶出小区，说不能倒在人家小区里，小区是新建的小区，家家户户都在装修。我明白他的意思，他是怕给小区添晦气。等把他搀扶出小区，放在大马路上时，他捂着胸口的手突然放开，人就失去了知觉。等送到医院，已经过了最佳抢救时期。临死时，他清醒了一刻，他抓着我的手说，幸亏我在跟前，要不他就倒在人家新房里了，那多晦气，不

死也得让人家骂死。他这样说时，一屋子人都哭了，他抓着我的手流了泪，说想领着我回家给他爹娘的遗像磕个头，想让他爹娘认识一下儿媳妇。"

"为他这句话，我抱着他的结婚礼服来了。他成天跟我描述他老家的房子，在哪个村，怎么坐火车、坐汽车，进了村怎么走，他家在第几排，哪个院儿，院后有片树林，院里有个磨道，小时候，他常在磨道上睡觉。从嫁给他那天起，我就把他描述的小院当成了我家。没想到，我家被雪封了。我本想给公婆磕了头就回去，没想到，我根本进不去屋子。我见别人家院儿里的雪都扫得干干净净的，我家院儿里的雪有半房高，我蹚出一条道进了院儿，把封门的砖头拆了进了家，这才给公婆磕了头。本来想当天返回去，没想到坝上下了这么大的雪。这么晚了，公路上还有没有客车？坐客车到了张家口，我还得坐火车回去。"

说到这里，雅静又嘤嘤地哭开了。

秀梅说："你是刘家的媳妇。刘家的亲戚，就是下头的亲戚，来都来了，咋能说走就走呢？"

还不到做晚饭的时间，就有几家人拿着稀罕东西来了，有的拿了夏天晒好的干豆角、葫芦条，有的拿了咸鸡蛋、兔肉，有的拿了猪肉、野鸡，还有的拿了一只刚宰的鸡，鸡毛也没来得及煺。几家人聚到一起，都不提刘日成，只说下头终于来亲戚了，要好好招待，要摆满满一桌子菜，要喝酒，要热闹，就像娶媳妇似的。说到这儿，大家突然噤了声，互相使着眼色。

有人喊："红豆馅焐好了。今天来亲戚了，油炸糕是一定要吃的。"几个女人边附和着，边挽袖子张罗着做饭。有和糕面的，有蒸糕的，有准备包糕的，有洗菜切葱的，有烧火的，立刻，妥子家就热气腾腾了。孩子们也都来了，他们都上了炕，像一群小蚂蚁似的。听说六户人家要在一起吃饭，孩子们来了劲儿，嚷嚷着要挂红灯笼。有几个孩子跳下炕要回家取灯笼，要比谁家扎的灯笼好看。女人们少不得阻止孩子，却不敢说过分的话。她们边看雅静边呵斥孩子，呵斥孩子时冷着脸，扭头看雅静时就讪讪地笑。大家都有点尴尬。

大人们把跳下地的孩子一个个扶上炕，让他们听城里阿姨讲故事。孩子们就围着雅静问东问西，她不得不思考他们的问话，收起悲伤的表情。看着孩子们笑，看着孩子们闹，看着孩子们天真无邪的表情，雅静也露出了难得的微笑。

女人们正蒸糕，不知是谁说了一句："咱下头这次来的是城里亲戚，人家爱不爱吃油炸糕？万一人家不爱吃糕，想吃油饼呢？"这一问，女人们又忙了起来，正好有一户人家和了面打算蒸馒头，就回家端了来，准备炸完糕再炸点油饼。

灶坑没柴时，秀梅冲着院里喊道："妥子，妥子，抱捆柴进来。"半天没人理，秀梅又喊："妥子，妥子，抱捆柴进来。"依旧没人理，她才发现院儿里站着的男人都不在了。有人在她耳朵边说："男人们都打扫后街的雪去了，他们打算把后街一冬积攒的雪都运走，把后街各户的门与咱们各家的门间扫出一条道来。他们要把刘家的炉子点起来，门帘挂起来，火炕烧起来，还要扫房顶的雪，把房顶用麦秸盖起来。刘家的亲戚来了，他们想让刘家也热乎起来。"

不知什么时候，有人把外屋的门打开了，门上挂着的棉门帘也

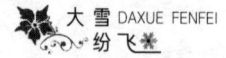

被撩了起来，大片大片的雪花从门外飘进来，进了屋就化了、消了，变成了地上的一滴滴水。虽然门槛处积了一层雪，但屋里感觉不到一点冷气。院里的蜡梅树开花了，傲霜的蜡梅，在白茫茫的大雪中，开得那么娇艳，那么生气勃勃。

炕上，几个孩子念起了童谣：蜡梅花，脸儿黄，身上不穿绿衣裳。大雪当棉袄，风来挺胸膛。别的花儿怕冬天，只有蜡梅开得旺。

爹的亲圪蛋

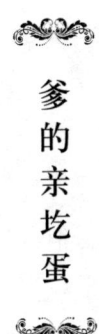

朵朵两手抱着爹的头，骑在爹的脖子上。朵朵喊："驾——驾——"，爹抓住朵朵的手，头往后仰，像被拉了缰绳的马。

爹驾着朵朵一颠儿一颠儿地往家跑。

曼曼家的院墙上面竟摆着牛粪坨，一坨一坨的，干得像块莜面锅饼子。在低处，朵朵只能望到石头缝儿里塞着的花花绿绿的布条，现在，朵朵不仅看到了牛粪坨，她还看到牛粪坨也在跑，在倒着跑。到了四虎家门口，朵朵看见四虎家园子里的杏树也在一闪一闪地跑，好像要跑到曼曼家似的。爹停下来，朵朵一瞅，树咋没跑到曼曼家呢？曼曼说过，要是她家院里有杏，她一准让朵朵敞开肚皮吃，不像四虎娘，吃她几颗杏还数数。不行，得让杏树跑到曼曼家。朵朵想着就举起小手搔爹，嘴里再喊："驾——驾——"，于是爹接着跑，还扬起腿蹦跶，边蹦边喊："老马惊了——老马惊了——"

爹喘着粗气进了屋，他把朵朵拎起来，放到炕上。朵朵的手冻得像红萝卜，爹摸了摸，咬了一口，朵朵的手麻生生地疼。

爹的胡茬上挂了一层白霜，朵朵喊："娘，娘，瞅爹，爹偷吃面了。"

娘瞥了爹一眼说："你个愣样儿。"朵朵不知道，娘是骂爹呢，还是骂她呢。

娘拉过朵朵，抬了抬屁股，把朵朵的手放到了下面，然后，又低下头做起了针线。朵朵爬在炕头上，抬头看娘。

朵朵有些生娘的气，娘对爹老是爱理不理的。爹呢，还总爱瞅娘，和朵朵耍得好好的，朵朵笑，他就瞅娘。可娘呢，就跟年画似的，一动也不动。

朵朵看着爹胡茬上挂上了水珠，她跪着挪到炕沿，抽出手，将手放在爹胡子上，左摸一把，右摸一把。

爹冲朵朵挤挤眼，说："你娘手暖，去，让你娘给爹暖暖。"

朵朵瞅瞅娘，见娘不言语，便拉起爹的手，让爹像自己一样趴在炕上，然后把爹的手也放在娘屁股下。

"爹，热不？"朵朵和爹爬在炕上，头挨着头。

"不热，不如你娘身上热。"

娘红了脸，嘴嘟哝着"死鬼"。娘就是这样，每次都得爹逗，爹不逗，她就拉着脸。朵朵觉得娘这样对爹不对，不像四虎娘，四虎娘见了四虎爹总是喜滋滋的。

一次，四虎跟朵朵耍，四虎问朵朵待见他不。

朵朵说："待见。"

四虎说："待见你就亲我一口。"

朵朵问："咋待见还得亲你一口？"

四虎说:"我娘就亲我爹呢,夜黑里,我看见我娘亲我爹胸口的肉呢。"

朵朵说:"不对,是男的亲女的呢,女的不能亲男的。"

四虎说:"你娘不亲你爹?怪不得你娘生不出男孩呢。"

四虎这样一说,朵朵就在四虎的脖根儿很轻地咬了一下。然后,朵朵跟四虎耍过家家,朵朵做娘,四虎做爹,蓝枕头当男孩,叫五虎。四虎说,他的儿子就该叫五虎。花枕头当女孩,做五虎的妹妹,叫闺女。他俩耍的时候,一吵架,四虎就骂花枕头,说它是讨债鬼,那口气就如四虎娘骂四虎的三个姐姐时一样。朵朵不骂,她给花枕头围上手绢,还抱着亲它,边亲边叫亲圪蛋。他俩要不吵架呢,朵朵就假装做饭,四虎假装出门搂柴火。朵朵问:"你说,让咱五虎和闺女干啥呢?"四虎就说:"让五虎上坟。"朵朵睁着黑漆漆的大眼问:"咋就让五虎上坟?闺女呢?"四虎说:"五虎是男孩,男孩上坟祖宗才认,闺女烧的钱祖宗不能花。"朵朵听了,就暗自生气,生祖宗的气,觉得祖宗不是好东西,收纸钱还挑男孩烧的还是女孩烧的。朵朵看四虎不待见花枕头,就给它求情,让闺女也干点五虎的营生。结果,四虎嘴一瘪,说:"一个丫头片子,能干啥?养着呗,到时,嫁个男人了事。要有出息,就给男人生个男娃,要生不出男娃,那就是,就是,我爹说的,废物一个。"这样,朵朵和四虎又开始吵架。四虎还动手推朵朵。四虎不像朵朵爹,朵朵爹从来就不推朵朵娘,啥事都依着她。

朵朵和四虎生气,也学娘的样子恼了,一恼,就不跟四虎耍了。

四虎说:"爱恼男人,跟你娘一样,一准生不出男孩。"

朵朵最怕村里人说她娘生不出男孩,娘要是听见这话,回家非

成长篇

得哭半天。娘一哭,就不给她和爹做饭了,好像说错话的是爹和她似的。爹一边做饭,一边哄娘,给娘擦脸,给娘端饭,还一个劲儿地跟娘说好话:"生不出男孩,那是男人的问题,你甭恼,再生个试试?要再生不出男孩,我把自己阉了。"娘听了,哭得更凶了。爹抬起手,用大粗指头掐娘脸上的泪蛋蛋,掐住一抹,像哄朵朵似的说:"不哭啊,不哭了,听话!让人说去,不生就不生,我不嫌女孩赖,瞅咱朵朵,多好,谁能生出这亲圪蛋呢?"爹边说,边凑近朵朵,在她脸上亲了一下。朵朵真是巴望娘能不恼爹,生个男孩给四虎看看。

娘长得俊。朵朵看看娘,再看看爹。上次舅妈领来她的邻居,吃饭时,饭端上了炕,那邻居却问娘:"朵朵爷爷回来了,他爹咋还不回来?"娘愣愣的不说话,爹呢,边脱鞋上炕边哈哈大笑,黑脸膛笑得还反光呢。原来,邻居把爹当成爷爷了。

朵朵爹脸黑不说,还有坑儿,有疙瘩。朵朵想:"幸亏我长得不像爹,要像爹的话,四虎肯定不会夸我俊的。"

朵朵看着爹,觉得四虎家院里的杏树跟爹一样,冬日里皱巴巴的,树皮都能撕下来,一开花,又像爹笑的模样。想起了四虎家的杏树,朵朵就想去看看,看看那些杏树跑到曼曼家没。

朵朵站在杏树下愣神。

一排溜的杏树靠在四虎家的院墙边,树枝干梆梆的。树枝上搭着葵花秧子、玉米秆子。葵花秧子和玉米秆子上还盖着一层薄雪。"爹去年说要在院里栽杏树,咋就没动静了呢?"朵朵扭头向自家院子望,院子里只有一根电线杆,是等着村里通电用的,朵朵有些失落。

四虎爬在窗口喊朵朵:"朵朵,朵朵,发啥愣?进屋来。"

四虎一人在家，朵朵进来时，他坐在炕上，正用弹弓向门口瞄。朵朵没理会，说："你家的树刚才跑咧。"

四虎说："胡诌，人会跑，树才不会跑呢。"边说，边又用弹弓瞄朵朵。

朵朵说："人跑，树才会跑。"

"人会跑，树不会跑。"

"我看着咧。我爹，你家的树也跑，往曼曼家跑咧。"

"不对，我家的树没跑，你才跑了，你跟你娘跑了。你娘跑，把你带着跑咧。"

"我娘没跑。"

"跑了。"

"没跑。"

"跑了，让你爹打跑了，把你也带跑了。"

"你胡诌，我爹才不打我娘呢。"

"我听曼曼娘跟我娘说了，你是——，是啥带了？是胎带来的，你娘不生男孩，你爹就打，老打老打，你娘才跑了，嫁给光棍刘旺了。"

"你爹是光棍张志，我爹是刘旺，不是光棍刘旺。"

四虎说的那个胎带啥的，朵朵不懂，但说爹打娘，还说爹是光棍刘旺，朵朵听懂了。四虎竟然说爹是光棍刘旺，爹才不是呢。光棍不是爹那样的！爹省下好吃的，还让她给四虎送。四虎真不知好赖，竟然骂爹是光棍刘旺。朵朵委屈极了，站在炕沿下，泪流了满脸。

四虎拉她上炕，朵朵不上，四虎再拉，朵朵就扭着身子躲。朵朵抽抽搭搭地说："四虎，你不知好赖，曼曼娘也不知好赖。我娘

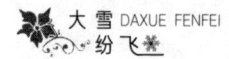

还给你家和她家送油炸糕呢,你还我家的糕,叫曼曼娘也还。还有鞋,我娘给曼曼做的鞋,都还。你们瞎胡诌,我爹没打我娘,你们咋说打了?咋还说我爹是光棍咧?"

四虎看朵朵哭,就哄她说:"不哭,不哭啊,听哥话,不哭。"他边用手给她抹眼泪,边说:"不是哥说的,是曼曼娘说的,曼曼娘说你娘生了三个闺女,你是第四个,说你爹让医生给你娘号脉了,说你也是闺女,你爹才打你娘咧。后来,说,说你娘不在川里待了,就嫁到山里了。说——说你——说你不是刘旺的亲闺女。"

不是亲闺女?爹是后爹?可爹不像豆豆他爹,豆豆爹是他后爹,张嘴就骂他野种。他爹还不让豆豆娘出山,一出山回来就打,边打边骂,说她去山外怀野种去了。打完她娘,就打豆豆,说豆豆吃他的喝他的,却不是他的骨肉。爹才不呢!后爹能是这样的?朵朵瞪着四虎,眼睛亮晶晶地瞪着,她像娘掐爹一样,在四虎的脸上使劲儿掐了一把。

当初学校开学时,四虎娘把四虎送到学校,他死活不上,说要上就跟朵朵一块儿上。他娘说,朵朵比你小三岁呢,不能上。他就说:"那我就等朵朵。"朵朵听说后,还跟四虎说:"四虎哥,我以后就跟你耍,老了也跟你耍。"现在,他竟这样……朵朵越想越伤心,她恶狠狠地说:"你上学去吧,你不是该上学了?甭等我了,我才不跟你一块儿上呢,以后,我再也不跟你耍了,再耍是小狗。"

听朵朵不跟他一块儿上学了,四虎"哇"的大哭起来。

朵朵站在马路上看自个儿家。自个儿家的烟囱里冒着滚滚的烟,朵朵知道,娘开始生火做饭了,不像四虎娘,现在还没回家。

可是，咋人们还说娘的不是呢？爹也那么好，老帮别人家干活，咋他们还说爹坏话呢？爹待自己比娘还亲呢，咋说爹不是亲爹呢？朵朵想去问个人，问谁呢？问娘？可娘说她是爹的亲圪蛋。问村里人？才不呢！村里人都不懂好赖。朵朵想起了舅妈，舅妈很待见她，总是跟她说："朵朵，你爹要不待见你，跟舅妈说，舅妈给你做主，让你舅收拾他。"这样想着，朵朵就想去山里的舅妈家。她知道，从南山洼穿过去，再翻个山头就到了，上次爹套着驴车载着她去过。可是，朵朵还是走到自家院子边。向里看，爹正在扫院子，一下，一下，尘土飞扬着。朵朵想喊爹，可爹扫完院子就进了柴火房。她站在院墙外，等着爹喊。爹抱着一抱柴火出来了，向南墙上看了一眼。

爹看了一眼，啥话也没说，好像没看见似的。朵朵踮了踮脚尖，把头向上探了探。爹没喊，转身咳嗽了两声进了屋。朵朵望了望爹的背影，又望了望太阳，太阳快落山了。她想了想，拔腿向南山洼跑去。

朵朵跑到山梁上，回头瞅了瞅，想看看家、看看爹。她找了找四虎家的杏树，可是，平日里高大的杏树混在别人家的树里，咋也分不出。望不着家，朵朵的心咯噔咯噔地跳。太阳落山了，朵朵的小身子被罩在一片阴影里，就像山道上的一棵孤树。朵朵用脚踢着石头蛋子，石头蛋子嘣噔嘣噔地掉到了崖下，朵朵心里慌慌的，她动了回家的念头。朵朵寻思着，要不甭问了？自己的爹一准是亲爹。可是，把后爹当亲爹看，就像跟电影里的坏蛋好上一样，有点像叛徒。

转过山疙瘩就看不着家了，前面的路黑漆漆的，路一边是山，一边是崖。朵朵傍着山畔走，生怕自个儿像石子一样掉到崖底。要

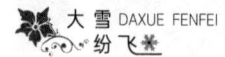

掉到崖底,嘣噔一声,就啥也没了。现在,朵朵啥心思也没了,只有好好地走这一截儿路。天越来越黑,头顶处老有窸窸窣窣的声音,路上的石头蛋子往崖下滚,山上的石头蛋子往头顶上落。朵朵再也走不下去了。她面向崖,背靠着山蹭着往回返,嘣噔——嘣噔——,听到这声音,朵朵不停地发抖,她压着嗓子呜呜地哭起来。

　　过了山疙瘩,有一片光亮,那是从村里照过来的。朵朵好像听到爹喊她的声音。"哇——"的一声,朵朵扯开嗓子大哭了起来,她边哭边跑,眼睛望着村子寻找爹的影子。朵朵眼望着村子,忽左忽右地跑着,像跑在自家门口的马路上一样,双腿快速地倒腾着。脚边的石子呼呼啦啦地往崖下掉,她摔倒又爬起来,爬起来又摔倒。快出山路了,出了山路就进村了,她的哭声越来越大,爹喊她的声音也越来越大,这声音里还夹着娘的哭声。朵朵忘记了路,她跑着喊着,向着村落,向着爹娘……

三九和朵朵

朵朵踩着小板凳挖莜面，面瓮黑洞洞的像口枯井，朵朵一探进头去耳朵里就嗡嗡响，像是在刮风又像是在下雨。朵朵有点害怕，旺旺娘不就是掉进枯井里死的吗？可是朵朵还是翘起脚尖，一次一次把大半截身子探进去，半碗半碗地挖莜面。她的小脸蛋憋得通红，好不容易才挖够半盆。

朵朵开始和莜面。朵朵觉得自打娘死了后，自己一下子就长大了。娘曾说："你九岁了能替爹把日子拎起来了。"朵朵一边和面一边悄声对娘说："娘，我真的替爹把日子拎起来了，不信你看。"

娘好像还在，就在热炕头上偎着呢，还在絮絮叨叨地说着话。

把莜面拌成块儿，使劲儿踩，踩得噗噗响才好搓。娘说："娘不放心，走了还把话撂到炕上。"娘说的话朵朵句句在意，娘说："三九是驴性子，要是你爹娶后娘的话，三九一定不容。"可不是，村里人刚吵上，三九就来气了，不让曼曼娘给做饭，硬说爹吃曼曼娘做的饭，就得把曼曼娘娶过来。唉，才不是呢，爹只要不跟曼曼娘干那事，曼曼娘就做不成后娘。三九不懂。朵朵想着，就把面使劲儿地踩，嘴里嘀咕着："哼，我自己给爹做饭，看你还有啥借口过来，看你还能钻啥空儿？"

前几日，三九听刘奶奶跟爹唠嗑。刘奶奶说："朵朵爹，你身边得有个女人了。和曼曼家合起来过吧，三九才七岁，离不开娘。曼曼娘过去，能给你们大人孩儿们做个饭，你呢，能把地里的活儿都干了。"三九没听完，就跑过来学舌。三九攥着拳头绷着脸问朵朵："姐，你是女人不？"三九瞪着朵朵问。

"姐？是。咋不是？"朵朵想了想，干脆地回答道。

"那，姐，你得像娘一样给咱爹做饭，要不，保不定像刘奶奶说的，爹会让曼曼娘来家做饭，一做饭就成咱后娘了，听到没？"朵朵说："姐咋的让她做？姐没手啊？"

曼曼家和朵朵家就隔着一堵矮石头墙，石头墙比三九还矮，曼曼家的门朝东开，朵朵家的门朝西开，石头墙隔开的正好是两家的菜园子。墙这头，朵朵家种着水萝卜、卷心菜、倭瓜、豆角，墙那头，曼曼家种的是甜菜、玉米和葵花。

和好面，朵朵开始洗山药。朵朵又想起娘的话，娘说要拣小的洗，把大的留下。焖山药要用小的，小山药熟得快。她把装山药的篓子翻了个底朝天，把小的拣出来洗了，放到了锅里，把大的又装回篓子。然后，她就从菜院子里挑倭瓜。她学着娘的样子，在倭瓜上用指甲掐，娘说掐不动的才老，老的才好吃。朵朵在一个大瓜前站下了，她看到了娘的指甲印，娘的指甲印长成了月牙儿形状，朵朵看着，心里暖暖的。

娘走了，走得一干二净，啥也没留下，只留下这个指甲印了。朵朵摸了摸指甲印，好像摸到娘的手。朵朵摸得很轻，生怕惊醒了熟睡的娘。娘死后，她的手就这样，凉凉的。她把一根小瓜拧下来，掏瓤切瓣后扔到了山药上。然后，点着火，拉了吹风机，火呼呼呼地烧起来了。

朵朵开始搓莜面。

朵朵想："不知曼曼娘一手搓几股，是不也像娘一样，一手四股，两只手搓？是不是爹一袋烟的工夫就能把面搓好？"朵朵看了看自己一只手搓出的两股莜面，一截儿粗，一截儿细。不用劲儿吧，搓出的莜面像筷头一样粗，稍一用劲儿，一搓就断。朵朵把断的接起来，继续搓。她想："看着娘搓挺省劲儿，放到自个儿手中，咋就不听使了呢？唉，不知曼曼娘搓得好不。"想起曼曼娘。朵朵心里很不好过。

朵朵抬头看了看小闹钟，才八点，还早着呢，紧着搓，晌午能搓好。等爹一回来，她就把莜面放在锅里，蒸莜面的同时再把瓜和山药再蒸一遍，这样，瓜和山药就软软的了。再弄点儿烂腌菜汤，呛点葱花，炸点花椒面，把山药剁进去，沾莜面吃，多香，爹肯定会满意的。朵朵想着，黄黄的小脸就有了笑意，好像遭薄霜打了的倭瓜花见着太阳了。

一切都搞停当了，朵朵坐下等爹。朵朵想，不知曼曼娘做饭没。娘刚走的日子，曼曼娘老早就把饭做好了，还跨着墙头喊："朵朵，朵朵，领你弟过来吃饭。"朵朵没想到，原来她把自个儿当成他们的娘了，她和三九、曼曼吃罢，曼曼娘又把饭腾到锅里，像娘一样，等爹回来一块儿吃。要不是三九回来学舌，还真跟她家吃成一家了呢。

成长篇

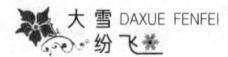

朵朵做出第一顿饭时，曼曼娘说："哟，朵朵装大人了？谁说你家没女人了？……"曼曼娘跟爹边说还边笑。朵朵觉得，她那笑是假的，心里堵得慌。

那天，曼曼娘还没说完，也不知为啥，朵朵一下子就火了，她急赤白脸地嚷嚷："行了，行了，不想听！咋的没女人了，我不是女人，我是啥？"

现在想想，娘在世时，曼曼娘就没好心。那次浇菜园子，爹担水，娘和朵朵浇，曼曼娘隔着墙跟娘说话，三九呢，领着曼曼满菜园子跑。娘边浇水边喊："两个小东西，甭满园子撒欢儿了，踩坏瓜秧了。"曼曼娘听了，还嘻嘻笑着说："咋说是孩子呢，要咱，让咱撒欢儿也没那心思了。不是说了嘛，有娘的孩子长不大，你瞅瞅，三九还在吃奶。曼曼爹死那年，我的奶水都截回去了，要不，曼曼也还拱奶呢。"曼曼娘边说还边瞅了爹一眼，脸上还挂了一抹红。"哼！不要脸！"朵朵越想越生曼曼娘的气。

爹和三九是前脚搭后脚进的院，一进院，朵朵就把莜面蒸上了锅。爹在园子里转悠了一圈，刚上炕，朵朵就把饭端了上来。爹向窗外望了一眼，曼曼娘正扛着锄头走过，爹好像一下子来了精神，他趴在窗户上，兴奋地喊："曼曼娘，领曼曼过这屋吃饭来，咱朵朵把饭做好了。"

爹还用的是咱朵朵！朵朵听了，心里也窝了火。她望了一眼爹，爹的脸涨得红红的，很高兴的样子。她又看了一眼三九，三九呢，脸也红红的。朵朵知道，三九这是在生气，三九一生气，驴脾气就犯，一犯，脸就红。可不，曼曼娘领着曼曼刚一上炕，三九腾地就跳下了地，他从曼曼身后过时，还踩了曼曼一脚，踩得曼曼直龇牙。

爹一脸不高兴，朵朵看见，爹还鼓了鼓腮帮子。爹让朵朵盛饭，朵朵没动，爹又喊，"取碗！"朵朵还没动。曼曼娘脸上挂不住了，说："不行我回去做，也快。"这下，爹发火了，他盯着三九喊："愣着干啥？取碗呀！"朵朵想，三九肯定不会取，没想到，三九腾腾腾地走到了饭橱旁，取了碗过来。朵朵盛菜汤时看见，两碗里各有一大块盐。朵朵盛，三九递。曼曼娘没吃几口，跳下地就要走，曼曼却一直嚷嚷咸。

曼曼娘走后，爹老大不情愿，还给朵朵和三九甩脸子。唉，有后娘就有后爹，瞅爹，还没把曼曼娘娶过门，就跟他们耍横。可是，爹不高兴，朵朵也犯难。三九呢，端着碗吃得很香。

朵朵看出了爹的脸色，泪直往上涌，又不能当着爹的面，嗓子眼堵得难受。她假装要撒尿，进了菜园，蹲在倭瓜前，看着娘的指甲印，泪蛋子一嘟噜一嘟噜地往下掉。

"姐，姐，爹让你快进屋吃饭。"三九趴在窗口喊，声音里藏着欢快。

爹歇晌时，三九把朵朵叫出屋，他脸上挂着彩，嘴一努说："想进咱家？没门！"

"你咋就不瞅爹的脸呢？她一走，爹老不情愿。说不准，她以后还要指使爹呢。"朵朵只能把三九当成诉苦的人，她从三九的倔样子里，竟然找到了娘的影子，朵朵的泪唰唰地流。

三九看了，一惊，嘴里嘟囔着："咋？她敢背后指使爹？"

歇起晌，曼曼娘在她家菜园子哭着吼："这是咋的啦？遭谁惹谁了？咋这么坑害人呢？"好些人围着她家园子看。看着人们指指点点的，朵朵耐不住了趴墙头一看，菜园子像被猪拱了，满地一片绿。

成长篇

有人说:"是小孩子祸害的,瞅那小脚印。"

朵朵心一惊:"咋一晌午没见三九?"

爹不知从哪儿把三九揪了出来,当着众人的面,举起巴掌就扇。一股血从三九的鼻孔流出,三九的头仰着,眼里没有一滴泪。

晚上,爹一个劲儿地抽烟,边抽烟边叹气。三九躺在被窝里翻腾。爹用手摸了摸三九的头说:"睡吧,啊,爹是想有个女人你们会好些,你们说,曼曼娘咋不比外人强?往日,你娘不是也叫她来吃饭?"爹说这话时,口气像跟大人说一样。三九不理,爹又叹了口气,起身出去了。爹出去后,三九用被子蒙住了头,朵朵知道,三九这是想娘了,三九一想娘就这样。

朵朵侧耳听,屋子里静悄悄的,朵朵想,爹肯定去曼曼家了,爹还没回来,朵朵躺不住了。朵朵喊:"三九,醒醒,咱爹还没回来,三九,三九,醒醒呀……"

暗处传来了三九磨牙的声音,咯吱——咯吱,三九很用劲儿地磨着牙。朵朵想,三九是不是当在啃骨头呢,还使那么大的劲。村里人都说三九命硬,三九磨牙把娘害死了。娘先是乳房里长了个硬疙瘩,如鸡蛋大,不疼不痒,可没过一夏,娘就开始不吃饭了,还直喊疼,待查出来,已经是乳腺癌晚期了。朵朵一把推醒了三九。

三九呼地一下坐起来说:"姐,咋啦?曼曼娘又来了?"朵朵说:"三九,你瞅瞅,多晚了,爹还没回呢,咱得去看看,看看爹在那边干啥。"这下,三九醒明白了,他一下子跳下炕就走。

院子里的月光很好,白花花一片,天上的星星亮晶晶的。院子好像把天空分开了一样,那一块是他家的夜空,这一块是自家的夜空。朵朵站在自家院子望了望天,自家夜空上的星星好像稀了些。娘说过,死一个人,天上就少一颗星星,是不是娘死了,星星就少了一颗呢？

朵朵看着天空，三九抬头端详朵朵，他不知道，朵朵把他叫起来，却站在这院子里干啥。

"姐，咱喊爹？"从暖炕上刚起来，猛一阵凉风吹，三九有些哆嗦。

"不能喊。"朵朵看了三九一眼，又抬起头，看曼曼家院子的天空。

"咋不喊？"三九问。

"你喊爹，爹就会恼你。"朵朵凑在三九的耳朵边说。

三九和朵朵爬上矮墙轻轻跳进曼曼家园子，曼曼家黑着灯。黑着灯？爹和娘就是黑着灯干那事的。朵朵想着，心咚咚咚地跳，眼里窝着一汪眼泪。

三九揪了揪朵朵的衣襟问："姐咋呀？"朵朵说："让他们明白自己干不要脸的事别人是知道的。"

"要是爹出来揍我们呢？"三九问。

"爹会揍我们？"朵朵没主意了。朵朵想起旺旺爹曾冲进三友家揍旺旺娘，边揍边骂旺旺娘是破烂货。男人的脾气就是大。

三九说："爹要是揍我们，我们就去揍曼曼娘！"三九越来越不懂事了，朵朵气得说："那不行。"

三九说："要不咋办呀？"

朵朵说："三九你别说话，让我想想。"三九看朵朵没了主意说："姐，你不敢，我进去揍她，揍一下就跑，她捉不住我的。她一疼准喊，一喊村里人就出来了，以后，村里人见了就会唾她。姐，你忘了？咱也唾过旺旺娘。"

朵朵点点头。

成长篇

朵朵抓起一把土,三九低头捡起一块石头。朵朵夺下看了看,石头不大,像个鸡蛋,她掂了掂又还给三九。俩人猫一样走到曼曼家窗根下,朵朵把三九拉到背后,耳朵贴着窗根听,里边有声音,不大,像猫吃食。朵朵想再细听听,她的心快跳到嗓子眼了。

唰——,朵朵把土扬上了曼曼家窗户。

哗啦,三九手里的石头飞出去了。朵朵没防住,愣了一下拉起三九就跑,耳朵后响起曼曼妈尖利的哭叫声:"是哪个灰鬼呀,半夜三更的,还叫不叫人活呀,呜呜呜……"

跳过墙钻进屋,曼曼娘的叫声一下子被关在了外面,这下,夜静得只剩下了两人的心跳声了。

"姐,爹……咋还不出来?"三九进屋后,牙还咯咯咯嗑着。

"甭急,再等等。"朵朵探出头看了一眼,没动静。朵朵说:"爹一准是没脸出来了。"

爹没出来,朵朵没主意了。

"姐,我喊爹吧。"三九好像看出朵朵没主意了。

"三九,你哭,大点声哭。"朵朵说。

"哇——,"三九放声哭了起来。三九一哭,朵朵也跟着呜呜地哭起来。

这时候石头墙下咕咚一声响,紧跟着爹就推门进来了,吓了朵朵一大跳,姐弟俩的哭声立马止住了。爹伸手拉亮了灯。爹头上一层露水,愣愣地问:"这是咋啦,半夜三更不睡,哭啥?"

朵朵一肚子气实在憋不住了,大声喊:"爹,那你半夜三更干啥去了?"爹伸出大手一下把朵朵和三九拥住了,嘴里喃喃地说:"爹只想去你娘坟头坐坐,咋的啦?你们这是咋的啦?"

燕儿雪中飞

坝上草原，冬天冷，春天来得迟。

"正月十五雪打灯，来年定有好收成。"过了年，村里人都盼下雪。但麦禾不盼，麦禾只盼天变暖，草变绿。

今年真是奇怪，大人们盼什么来什么。月份牌上早显示了立春，冬天还甩着尾巴不肯离开。从正月十五开始下雪，接连下了好几场都没有停的意思。麦禾不知道，下雪天燕子会不会飞回来。

外屋房梁上有一个燕子的巢，三年了，燕子每年都会飞回来，那儿是它的家。外屋有灶台和一个小炕，夏天，麦禾一个人睡，抬头就能看见燕子。燕子是从门上的圆窟窿飞进来的，那是冬天过炉筒子用的窟窿。爹说坝上春天冷，麦禾的腿不能着凉，炉子得撤晚些。可这么一来，燕子回来时，被炉筒子挡着，它们进不来就会到别处安家。麦禾一家人都喜欢燕子在外屋安家。再装炉子时，爹就把炉筒出口改在了小窗户上面。

冬天，燕子进出的门用纸糊着。

这几天，麦禾担心燕子飞回来进不了家，时不时侧耳聆听门上的动静。燕子进不来肯定要撞那张纸，嘣嘣嘣，嘣嘣嘣，那是燕子敲门的声音。

长时间没见燕子，麦禾很想它们。那真是一对恩爱的小家伙，它们待在巢里，两只毛茸茸的头露在巢外，你啄我一口，我啄你一口，亲昵着呢。它们一前一后飞出去，一会儿就飞回来了，共同修筑它们的巢。前年，它们的巢像柳条筐，没有收口；去年，巢收了口，像放鸡蛋的篓子。它们把巢筑得那么精致，麦禾想看看，今年它们飞回来会把巢修成啥样，莫非它们也像有钱人家似的盖个小二楼？她真期待。不过，她也有点遗憾，因为它们一口一口喂大的孩子，飞出去就不再飞回来了。小燕子翅膀硬了就离了爹娘，这让她有点伤心。去年，麦禾让爹把那只喂食的燕子逮了回来，在它腿上系了一小截儿细细的红头绳。那只燕子真漂亮，白肚皮，黑脊背，橘黄色的脸蛋，黑爪子上面系了红头绳，就像娘给她头上系的红蝴蝶结一样好看。抓着它，她都不舍得放了。娘说，这样它害怕，它会衔着小燕子飞走，在别处筑巢，再不会回来了。她怕极了，赶紧把燕子放了。燕子每年飞回来，大小不变，模样也不变，三年了，她都不知道飞回来的是不是原来那两只，系了红头绳，她就知道了。今年，她更盼它们回来了。

这天是少有的晴天。

太阳暖暖地照进屋里，炕也暖暖的，可她的心却暖和不起来。娘出去时让她把腿放在炕头上，又嘱咐她常用手摸摸，不要把腿烫坏了。她说："本来就是坏腿。"娘眼里有了泪，说："咋就坏了？有娘在，坏不了，你只要听娘的，就会慢慢好起来。"

阳光明媚，雪面泛着莹莹白光。麦粒和几个小朋友在院里堆雪人，他们先堆了个大的，比麦粒还高，又堆了个小的。麦粒用炭块给雪人做了眼睛，用红萝卜做了鼻子，想不出用什么做嘴巴，就隔着玻璃喊："姐，姐，你看看雪人，用啥给它当嘴？"麦禾拖着自己的腿挪到窗前，看着雪人，说："姐给它做一个，你们等着。"麦禾像编辫子似的用红头绳给雪人编嘴巴。麦禾的手很巧，娘双襟棉袄上的盘扣都是她编的。她抽抽、捻捻，一个大红的嘴唇就编好了。她让麦粒用柴火棍固定嘴唇。麦粒真是笨，笨到家了，老是弄不好，不是左手使大了劲儿，把嘴唇压歪了，就是右手使大了劲把嘴唇压进去半个。唉，多简单呢，只要提起嘴角把两根柴火棍轻轻按进去，让雪人的嘴角往上翘，雪人就露出了微笑，他怎么就办不到呢！一次没办到，两次没办到，第三次，他竟把雪人的整个下巴捣鼓没了，几个孩子不得不重新滚雪人的脑袋。

　　她要是能下地，能出院儿，给雪人安个好看的嘴巴，那不是小菜一碟？这时候，她肚里有了火，像刚生起的炉子，火苗噌噌往上蹿。她狠狠打向自己那条腿，一拳头打上去，那腿竟像弹簧一样弹了一下。医生说过，只要有反应，这腿就有治。她高兴了，又使劲儿敲了一拳，这一拳，就像敲在一截木头上。唉，刚才可能又是自己的念想。没事干，她常用拳头敲两个膝盖，左腿永远是根木头，右腿呢，轻轻一敲就能弹起来。她做梦都想给左腿安上弹簧，她好几次梦到这条腿弹起来了。娘按医生的嘱咐，每天给她按摩，娘说，要是左腿也能弹起来了，就再领她找那个医生。

　　天晴了一阵儿又飘起了雪，雪花很大，一片片飘下来，既像天女散花，又像被风吹散的蒲公英。立春后的雪有黏性，落在玻璃上，一下就粘上去了。起初，麦禾还能看到院子里滚雪球的孩子

们，那几个孩子满身都是雪。慢慢地，她只能看到几个移动的雪人。后来，她什么也看不见了，玻璃结了冰，出现了冰凌花。

唉，天本来变暖了，突然又下起了雪，还下得没完没了，真是烦人！麦禾觉得春天和冬天在拔河，冬天劲儿大，把日子又拉回了冬天。离春天又远了一步，离燕子回来的日子又远了，她很失落。

她望了一眼燕巢，竖起耳朵听了听，确定燕子没有敲门，又把目光停在了玻璃上。麦禾仔细地端详起了冰凌花，端详着，端详着，她端详出了好多景色，她黯淡的心里透进了阳光。她盯着冰凌花说："你这冰凌花真好，我心里想什么，你就像什么。"这片多像村南的阳春河，那片多像村北的瓦棱山，还有村东的羊肠小道、村西的大草原呢。草原上竟然还有兔子，兔子躲在一堆蓬头草后面，一动不动。兔子只露着侧面，能看清耳朵却看不到眼睛。麦禾用小拇指在舌头上沾了唾沫，轻轻地点上去，兔子像睡醒似的，突然睁开了眼，盯着她，很胆怯的样子。她真害怕兔子跑了，就盼望兔子眼睛处再结点霜，让兔子继续闭了眼睡觉。

院儿里没了动静，麦粒他们不在院子里玩了？麦禾冲院子里喊："麦粒，麦粒，回屋来，外面下雪了，非得把棉袄弄湿了才回家？"外面静极了，一点声音也没有。娘出去时嘱咐过她，让她看着麦粒，别让他跑远了。她扯着嗓子喊："麦粒，麦粒——"，还是没人应。这时，她听到房顶上有啪啪啪的声音，像人的脚步声，莫非麦粒上了房顶？娘成天骂麦粒，说他不是招鸡惹狗就是上房揭瓦，没一刻消停过。娘真说对了，娘一不在，他真上了房顶。冬天的房顶是他能上的？房顶上苫着麦秸和胡麻杆，那是给房顶保温用的。胡麻杆本来就光，堆了雪，更光，就像玻璃上落了雪似的，能不滑？从房梁到房檐头是个陡坡，他脚下一滑摔下来咋办？摔成她这样咋办？要是麦粒也动不了，不得要了爹娘的命？"麦粒——麦粒——"，麦禾的呼喊声中带着哭音。

麦粒推门进来时，麦禾正打算下地。她想了，就她现在的状况，右腿肯定支撑不住左腿，她想下地只能是掉下去，扑通一声，像面袋一样，掉在地上。她打算拖着左腿爬出院儿，她得把麦粒喊回来，她得看紧他，不让他上房顶。

麦粒手里拿着一个葵花饼，双手举着，说："姐，你天天盯着它看，是不是想吃这个葵花饼？给——"

她的无名火突然上来了，这个葵花饼就挂在房檐头插着的锄把上，是爹从房顶挂上去的。爹说这是在留籽种。爹娘不在，麦粒竟然偷着把它取下来，竟然还要偷着把它吃了！麦粒不懂事，太不懂事了。娘成天说，宁挨三年荒，不吃籽种粮。麦粒竟然要把葵花籽种吃了，吃了籽种，明年就没种的了。

她家院子和菜园隔着一堵石头墙，一到夏天，她家院儿里最好看，里边种着黄瓜、西红柿、豆角，葵花挨墙沿着菜园围成一圈，四周的葵花都向着太阳转头，很神奇。去年夏天，她坐在窗口看葵花转头，一天一天，不知不觉就过了一夏天。

麦粒竟然要吃籽种，这可不行。最可气的是，他想吃了，还打着她的幌子，说她想吃。她多会儿告诉他想吃了？麦禾的火真是憋不住了，想憋也憋不住。从小到大，她从没对麦粒发过火，娘打麦粒时，她总是把麦粒护在身后。麦粒比她小三岁，她是他的姐姐，从一个娘肚子里爬出来的亲姐姐，她咋能不护着他？麦粒犯再大的错，她都觉得不该打。可是，今天，她实在忍无可忍了，再忍，他就要把葵花籽种吃了。看看，看看，他竟然兴高采烈地把葵花饼放在膝盖上使劲儿掰。更可恨的是，他竟然瞒着爹娘上房顶，他这是

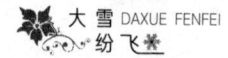

想捅天大的娄子。

　　麦禾拿起怀里的小猪，猛地向麦粒扔过去。那是她最爱的小猪，是齐奶奶帮她缝的。齐奶奶什么动物都会缝，她缝好了，就托儿子去集市上卖，一个可以卖20块钱呢。她属猪，齐奶奶就缝了猪送她，一分钱也没要。平时，这头小猪就躺在她怀里，白天晚上都陪着她，她从不舍得把它扔出去。今天，她顾不得了，她得制止麦粒犯浑。

　　"娘的话你都忘了？你咋记吃不记打呢？娘说宁挨三年荒，不吃籽种粮，就是说，饿得再厉害也不能吃籽种，你又不饿，就因为馋，就要吃籽种？还说姐想吃，姐盯着看就想吃了？姐还盯着燕巢看呢，莫非姐想吃燕子？姐是在想葵花开花的样子，想咱家满院儿黄灿灿的花，想两只燕子待在窝里你疼我、我疼你的样子，你咋就不懂姐呢？还有，爹娘说了多少次了，不让你上房顶，你咋偏不当回事？你要摔下来咋办？摔成姐这样咋办？你看看你有多不懂事！你让爹娘省点心不行啊？"麦禾教训弟弟时完全变成了娘的口气。

　　麦粒不顾她数落，硬是把葵花饼掰成了两半，他把一半小的"咚"一下扔到炕上，又从地上拣起小猪放在炕上，看一眼麦禾，说："姐，把那半吃了吧，啊，吃了吧。你馋了，腿就更不好治了。"说完，他拿起带挂绳的另一半出了家门。

　　葵花饼在房檐头上挂了半年，干透了，花蕊像秋天的落叶，哗啦啦掉在炕上。麦禾挪动着身子，把落在炕上的几粒葵花籽捡起来，小心翼翼、一粒一粒放进袄底襟，再拿起葵花饼，把里边的葵花籽一粒一粒扣出来，也包进袄底襟。有这半个饼的籽种也够了，可不能丢一粒。她拿着葵花饼仔仔细细地翻，确定没丢一粒籽儿，这才放了心。

家里冷了下来。娘出去时把炉子用炭灰封住了。太阳照不进家，屁股下的炕是热的，身上却是阴冷的。麦禾又拖着那条腿往被垛边移，她从被垛上抽下小棉被盖在身上。她知道，她不这样做，娘回来又会流泪，说她自己冷了都不能填炉子，冷了都不会盖被子，饿了都不能拿吃的，这腿要治不好，百年后，当娘的咋能闭了眼。自从她瘫在炕上，娘看不得她受一点儿委屈。

她能把炉子捅着，能，一定能。她要让娘看看，娘不在，她不会挨冻。娘在炉筒上绑了铁丝，炉钩子就挂在上面，她只要拖着左腿挪到炕边，欠起身子就能够着。炉子上蒙了炉灰，只要用炉钩子捅一捅，下面的空气进了炉子，火就着起来了。这样，娘一回来就能暖手，她要给娘一个暖和的家。

在她往炕边挪动身子时，房顶上又传来了"啪啪啪"的声音。难道麦粒又上了房顶？房顶上什么也没了，他上去干什么？娘真是没说错，男孩子，生下来就淘气，不干点出格的事就不会安生，就得盯紧点！

上了趟房顶，麦粒肯定发现房顶上好玩了。

麦禾着急了，又扯着嗓子喊："麦粒，麦粒，不要上房顶，小心摔下来，听话啊。"她带着哭音一遍遍地喊。喊了一阵儿，她竖起耳朵听，房顶上没了动静，偶尔能听到一两声"吱吱吱"的叫声。刚才是不是老鼠在房顶上跑？冬天，老鼠找不到吃的就爱上房顶，胡麻秆上有没打完的胡麻籽，可能老鼠又钻到胡麻秆下找吃的去了，麦禾长舒了一口气。

坝上村的人，不管是大人还是小孩，都爱上房顶。上房顶能看得远，喊得响。等不着疯玩的孩子回家吃饭，就有人上了房顶，手作喇叭样喊"×××，回家吃饭——，"或者是"二弟，回家

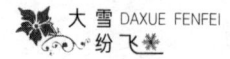

吃饭,再不回来,娘就把饭收拾了,回来还剥你的皮"。一村人都能听见,准有人能把贪玩的孩子撵回来吃饭。有找人帮忙的,也站在房顶喊"×××,来我家帮我压点粉,急等着用,快来,听着没?"不管这人听着听不着,也不管这人在谁家串门,准有人会告诉他这个消息。街上有好事的人,就会对房顶上的人喊:"时不时晌不晌的,咋要压粉?"房顶上的人会喊着回答:"我哥和嫂子今天来,我给他们做猪肉炖粉条,家里有猪肉没粉条。"街上人又问:"什么好饭?"房上人答:"炸油饼,晌午来吃啊。"这一喊,全村人都知道她家要来亲戚,晌午吃炸油饼和猪肉炖粉条。

在坝上村,也因此闹过一次笑话:一人上房顶喊过话便回屋做饭去了,待开门出来,外面站了三个要饭的。三个要饭的本来要出村,听到他家晌午来亲戚要吃好的,就顺着喊声过来了。

在坝上村,人们盖房时都给上房顶提供方便:鸡窝是小矮房,紧挨着的羊圈比鸡窝高点,马圈又比羊圈高点,房子后墙比马圈再高点,台阶似的,一个比一个高点,上房顶一点不费事儿。

坝上村的消息大多来自两个渠道,一是村委会院儿里的电线杆子上挂着的大喇叭,一是房顶上站着的人。

长这么大,麦粒还没上过房顶呢,在他家,小孩子上房顶是忌讳,大忌讳。麦禾就是上房顶惹的祸。那年数伏,特别热,娘第一次领她上了房顶。爹从远处回来,坐在房顶就能看见。别人家都赶着车出地,爹出地却爱骑马。娘上房顶说她在等她的白马王子出现。麦禾说,爹骑的是栗色马,咋就变成了白马?娘只笑不答。娘上房顶等爹,麦禾上房顶看景。房顶风大,景也好,小河、草原、山峦、麦田看得一清二楚。小河里泛着粼粼白光,河岸上的草坪上晾晒着红黄蓝绿各色衣服,姑娘、小媳妇们坐在河边洗衣服,孩子们在河里戏水，身子光溜溜的像一条条小泥鳅。麦熟季节，站在房顶，风景就更好看了。熟了的麦田金黄，莜麦田瓷白，河水瓦蓝，羊像白云似的，一朵朵飘在绿油油的草原上，美极了。

一年后，娘就允许她一个人上房顶了。娘说她像只小耗子，上房顶就像走平路，一蹿一跳就上去了，根本不用操心。娘还说，闺女大了，也在等她的白马王子出现。娘这样一说，爹笑得跟朵花似的。

村北有一块她家的地，站在房顶能看得一清二楚。爹娘出地后，她不跟着去，跟着去了还得哄麦粒。麦粒就爱到处跑，追都追不住。她不去，爹娘也能带着麦粒干活。爹把麦粒背在背上锄地，一动一动，麦粒还以为在摇着他玩呢。爹锄着锄着，麦粒就睡着了。她不去地里，就坐在房顶上等爹娘。娘锄累了，会停下来找她，见她在房顶上，就举起红纱巾招，只招几下是逗她，招个不停是提醒她要下雨了，让她下去。那次，娘一直不停地招红纱巾，她明明知道娘的意思，却赖在房顶不下去。她看到娘起身从爹背上抱下麦粒，走到地头穿鞋子，然后急匆匆地往家赶。她抬头，看到一片乌云也追着娘往家赶，乌云像巨人手里抖动的黑布，哗一下就展开了，没一会儿就铺满了半个天空。她看到爹也起身往家跑，远处地里的人也起身向瓜棚里、山梁下、山窝里跑，他们像蚂蚁一样乱成了一团。巨人还在使劲儿抖那块黑布，那块黑布真大啊，一抖就抖开了，眨眼工夫，黑布就铺到了她的头顶。她往西边看了一眼，太阳走得那么慢，乌云跑得那么快，没一会儿，就把太阳盖了个严严实实。她看到娘进了村，不停地招红纱巾，提醒她下去。娘背着麦粒，佝偻着身子往前跑，跑几步，举起纱巾招招，她已经看不清纱巾的颜色，也看不清远处地里的人了，她只看到远处灰蒙蒙一

成长篇

片。

她想看看小河边洗衣服的女人收起衣服没有，刚才，她还能看到几个女人东奔西跑地收拾草地上晒着的衣服，眨眼工夫，她们也被一片灰蒙蒙的云遮住了。

黑云在天上翻卷着，像狂奔在煤场的一群牛，她觉得自己正置身于无数条牛腿下，置身于一场灾难中。这时，她的头顶"嘎啦"一声，一道闪电把天空划了道口子，亮亮的口子里好像燃烧起熊熊的火焰。紧接着，西天边滚过来的一个响雷，"嘎——"，响雷声太大了，像一个铁皮球滚在钢板上，从西向东，边滚边响。娘的身影被倾盆大雨掩盖在了街巷里，爹的身影也被倾盆大雨掩盖在了街巷里，哗啦啦的大雨像遮挡在她眼前的水帘，她什么都看不着了。她害怕极了，急着想跑回家中，她边哭边往房后挪。她边抬头看天边往房后挪，一不小心，她的脚挪出了后墙，像面袋一样，啪一下摔了下去。娘后来说，三米高的房本来没什么，五岁大的孩子，身子是软和的，胳膊腿儿是软和的，像海绵一样软和，只要不是头先挨地，孩子们是摔不坏的。村里有从房顶摔下来的孩子，除了皮外伤，啥事都没有。问题是，她家房后是利子家菜园，她摔倒在利子家菜园倒没什么，问题是，她摔进了他家的山药窖里。

坝上冬天最冷时接近零下40摄氏度，窖打浅了山药容易冻坏，想保存好山药，就得把窖打到三米深。夏天，山药窖里没东西，怕耗子、野猫啥的掉进去，利子在山药窖上盖了一层草，那层草能挡住耗子、野猫却挡不住麦禾。麦禾掉进了山药窖不说，腰还磕在了一块石头上。刚掉进去时，她还能站起来哭，等村里人把她弄上来，她的腿就失去了知觉。到了镇医院，医生检查后说她的腿没事，不用打石膏，可能是伤到了神经，就给她配了中药。喝了半年中药不见好，又给她扎针。扎了半年针还不见好，医生就让娘给她做按摩，说只要腿有感觉了，就有救了。娘天天给她用热水敷，敷完再给她按摩。冬天，娘一闲下来就抱着她的腿给她按摩，按摩成了娘最紧要的事。夏天，娘干完地里的活才能给她按摩，她睡着了娘还在按，等她醒来才发现娘皱着眉头，趴在她左腿上睡着了。

娘按摩一段时间就去找大夫为她配药。为给她看病，家里的钱都花光了，没办法，爹只好离开家到市里打工。

爹在外挣钱，娘在家攒钱。这两年，娘太节省了，地里种什么家里就吃什么，需要花钱的一概不买。不买也就算了，娘还卖了家里的东西。别人家剪了羊毛不卖，都留下来擀羊毛毡，再用羊毛毡铺炕。这样即使炕凉了，羊毛毡也是热的。别人家炕上都铺着羊毛毡，她家铺的还是老式的炕席。娘是为了做羊毛毡养的羊。出事前，她家攒的羊毛快够擀一块羊毛毡了，出事后，娘把羊和羊毛都换成了钱。还有，别人家过节不是杀猪就是宰羊，她家呢，连只鸡都不舍得杀，鸡不杀也就算了，娘连个鸡蛋也不舍得给麦粒煮。娘攒满一篓子鸡蛋就拿出去卖，一篓子、一篓子，娘卖了一次又一次。卖的钱也不花，都放在红柜下的布包里。有一次，麦粒嚷嚷着要吃煮鸡蛋，娘却把他拉到外屋，嘀嘀咕咕，半天才让麦粒进来。麦粒进来两眼泪汪汪地看她，麦禾问娘是不是骂他了，麦粒的眼珠转了转，跟她耍起了心眼，竟然说娘咋舍得骂他。她追着问："没骂你，你咋想哭？"麦粒毕竟小，不会装，这样一问，他一下就哭开了，说："姐要是一辈子不能站起来，不能跑，不能上学，不能嫁人生孩子可咋办啊！"

麦粒这样一说，麦禾就知道娘跟他说了啥。唉，可怜的弟弟，为了她，什么好吃的也吃不上，真是受罪了。麦粒才四岁，自己四岁时，想吃什么娘就给买什么，QQ糖、瓜子、干脆面、蛋糕。但自从她的腿出了问题，娘什么也不买了，麦粒馋了，馋得厉害了，想吃葵花籽也正常啊。这样一想，麦禾就高兴起来，幸亏麦粒趁娘不在时想起偷吃葵花籽了，要不，看着葵花饼在窗口摇头摆尾的样子，他得多馋啊！那半个就让他吃了吧，娘回来问起，就说是自己馋了，让麦粒帮取的。自从她瘫在炕上，她犯什么错娘都不骂她。她不把这事儿担起来，娘肯定要打麦粒。想起自己还因为这打了麦粒，麦禾后悔了，再看看被麦粒扔上炕的小猪灰头土脸的，麦禾更后悔了。她把小猪抱在怀里，嘤嘤地哭开了。

　　麦禾终究没够着炉钩子。她拖着腿往窗口挪，想看看雪停了没有。这时节，借着雪的黏性，正好可以堆雪人。雪一停，麦粒一定会跟那几个小孩出来堆雪人。麦粒肯定跟几个孩子分吃了葵花籽，一时半会儿不好意思进家，她得叫他回家把炉子捅着，然后暖暖身子。麦禾挪到窗前，搓搓手又把手放在嘴上哈了几口气，然后把双手放在玻璃上，过了好一阵，她才把手拿下来，两手凉得刺骨。她望向院儿里，雪停了，院儿里空荡荡的，新雪覆盖在雪人身上，像给雪人披了雨披似的。两只鸡站在柴火堆上，瑟瑟地抖着身子，低头在雪里找食。下雪天，屋外活动的人少，人们都聚在家里聊天，也有聚在一起打牌打麻将的。以前，她家就是左邻右舍聚集的地方，自从她出了事，娘没心情聊天，左邻右舍来了，看着娘的脸色劝慰几句就走了。慢慢地，大家都不来了，都聚到邻居许嫂家了。

　　麦粒去了哪儿？不会是摔下去了吧？这样一想，麦禾的心咚咚咚地跳，身子也不由得抖了起来。冰天雪地的，娘又不在家，他要是摔下去，谁能发现呢？不过，他就是从房后摔下去也掉不进山药窖里。她出事后，利子把山药窖填平了。这样一想，麦禾的紧张感缓和了些。她把手放在玻璃上,玻璃上的霜融化了一片。长时间用手融霜,两只手像左腿一样没了知觉,她赶紧把两只手放在嘴上哈气,然后把手又放在屁股下取暖。她身子一歪,看到了房檐头,这一看,她惊得倒吸一口凉气,麦粒拿出去的半个葵花饼挂在房檐头插着的锄头把上,因为不平衡,风一刮一晃荡,一刮一晃荡。

"麦粒啊麦粒,你竟然没吃葵花籽,你上房竟然是给姐拿!你才四岁,又那么馋,竟能忍住。你懂得心疼姐了,好吃的懂得留给姐吃,你这样疼姐得疼到啥时候?"麦禾盯着半个葵花饼,哽咽了。

麦禾很想见到麦粒,见不着他,她就往坏处想。就像娘说的,世界上最操心的人是当娘的。唉,当娘的是这样,她这当姐的咋也这样!麦粒不出现,她一会儿想他是不是摔在了房后,一会儿又想他是不是正被几个孩子撵着打,一会儿又想他是不是跟几个孩子到了井边。井口都结冰了,他别掉井里啊。这样一想,麦禾起了一身鸡皮疙瘩。她趴在玻璃上,冲着院里喊:"麦粒——,麦粒——。"喊着喊着,她大声哭了起来。

许嫂进来时,她正号啕大哭。

她告诉许嫂她担心麦粒,怕他掉井里,怕他上房顶,怕他跟孩子们打架……她还没说完,许嫂就大笑,边笑边说:"你还是小屁孩儿呢,就替他担心。你那弟弟,淘得要命,在我家玩,先是打哭两个孩子,后来出去一趟,拿来三颗葵花籽给那俩孩子一人一颗,自己还留了一颗。那俩孩子都比他大,他一会儿把人家整哭了,一会儿又把人家逗笑了,他小大人的样子,把我们一屋子人逗得大笑。这不,他领着几个孩子进了我家柴房,啊呀呀,没见过那么淘的孩子。他在我家柴垛上放了凳子,踩着凳子要掏房梁上的麻雀。

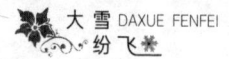

待我追出来，他抓着两只麻雀连滚带爬地跑了。我这才听到你哭，你娘嘱咐我操心你，却没嘱咐我操心你弟。唉，可你弟比你让我操心，这半天，我们一伙只顾聊天了，忘了问你想不想尿。你娘出趟门，你弟就鸡飞狗跳的，怪不得你娘这两年不串门呢。听嫂说，你弟弟没事，没事啊。"

许嫂也知道娘出门了。娘去哪儿了？娘只说出去一下，出去一下还用让许嫂操心她？娘从没走过这么长时间，娘是不是出远门了？

麦禾问许嫂她娘去哪儿了，许嫂大睁着眼，惊讶地看着她，说："你不知道？你娘没跟你说？这么大的喜事没跟你说？唉，可能你娘也不相信吧，想问好了才告诉你。那嫂告诉你吧，你娘去南洼村了。昨天铁蛋姨来了，她是南洼村的，我们瞎聊天聊到你身上。铁蛋姨说他们村有一个人跟你一样，腿麻，没知觉，下不了地，去市里看了，人家不治腿治腰，没几天就能下地了。这不，今早跟你娘唠嗑，刚一说，你娘拔腿就走，说要自个儿去南洼村问问。她走得急，啥也没拿，幸亏我给她拿了块塑料布，要不，走那么急，出一身汗，一遇雪，棉袄上就结冰了。嫂回去做饭了，做好给你们端来，你等着。"

许嫂走后，麦禾喜忧参半，喜的是她的腿可能有救了，忧的是娘还没回来。下了这么大的雪，娘会不会摔跤？这几年，草原上又出现了狼，娘去南洼村，就得过那片大草原。她会不会遇到狼？会不会遇着打野兔的？那天，娘给她讲邻村的事，说有一次邻村有两个人到草原上打野兔，下了雪，白花花的雪把草原盖得严严实实，看不着地皮。那天天气好，阳光很充足，太阳照在雪上，雪地像镜面似的反着白光，野兔呢，也雪白。雪白的野兔在雪面上跑，像箭似的，嗖一下，嗖一下，野兔身子如树叶似的轻，多深的雪也陷不进去。野兔跑过，雪面就闪一下。这两个人看着一只接一只的野兔从眼前跑过去，就深一脚浅一脚地追，几只野兔不远不近地诱惑着他们，他们不追了，野兔就出来了，一追就没了影儿。两人商量着堵截儿，一个往西走，一个往东走。走到山窝里，他们同时回头看，只见三只野兔像三颗棋子似的蹲在他俩中间。三只兔子是怎么到了他俩中间的，他们顾不得想，两人同时举起了猎枪。一个人离野兔近，他明明看见同伴的子弹打在野兔身上了，没想到，三只野兔同时腾起，雪地上立刻起了一片白雾，等雾散了，那个人的眼睛睁不开了。到医院检查，才发现同伴打出的三粒铁沙都进了他眼里，有一粒到了眼底儿，根本没办法取出来，好好一只眼睛毁了不说，眼底的铁沙还成了炸弹，长到脑子里就会要了他的命。出了这事儿后，人们都说他俩常年打野兔，遇到兔精了。

麦禾越想越怕，怕娘遇见兔精，让猎人把铁沙打进身子里。她坐在窗口，眼巴巴望着大门，盼娘快点回来。她不想治腿了，就想坐在炕上安安静静地看着娘，看着麦粒，看着爹，看着一家人幸福地过日子。

这时候，麦粒抱着一个鞋盒跑进了大门，他好像很高兴。他跑得快，带了风，脚底下扬起一层雪粒。进了外屋，他不进家，还扯着嗓子喊："姐，姐，姐。"麦禾边往炕沿边移动身子边说："麦粒，冷不冷？饿不饿？进屋捅捅炉子，把锅放上去煮俩鸡蛋。快进来，进屋里来。"

麦禾一口气把想办的事都说了出来。娘不在，麦禾想让麦粒偷吃鸡蛋。

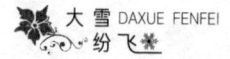

　　麦粒没说行,也没说不行,只说:"姐,你等等,等一下背你出来看燕巢。"麦禾手抓着炕沿探着身子向外屋看,只见麦粒把高脚凳放在了锅台上,从鞋盒里取出两只麻雀,手抓着麻雀往凳子上爬。他是想把刚逮的两只麻雀放在燕巢里。麦粒知道她盼燕子归来,竟想用麻雀代替燕子。麦禾很感动,眼睛一阵发酸,又想哭了。

　　麦粒冻得脸通红,棉袄上蹭了一片土,头发上沾着几根枯草,像一堆乱草。不知他在雪地里跑了多长时间,棉鞋湿了大半。麦禾很心疼弟弟。麦粒穿鞋踩在锅台上,早上娘刚刷的白灰的锅台立刻污了一片。麦粒全然不顾锅台,满脸喜色,一手抓一只麻雀,用肘子支撑着凳面,微笑着往上爬。

　　麦粒即使站在凳子上也放不上去,他那么小,个子那么矮。麦禾知道劝不住弟弟,就威胁他说:"你要再往上爬,姐就从炕上滚下去。"麦粒一扭头,见麦禾双手把着门框,艰难地探着身子,他一着急,身子往前一挪,把高脚凳推下了锅台。麦粒没掉下来,两只麻雀却从他手里飞了。两只麻雀像无头苍蝇似的,在外屋房梁上横冲直撞,把陈年老灰都扑腾了下来,外屋立刻尘土飞扬。

　　麦禾怕麻雀毁了燕巢,赶紧让麦粒打开门放走了麻雀。

　　麦粒垂头丧气地站在地上,无助地盯着麦禾,他在等麦禾训斥。麦禾却想抱抱麦粒,想亲亲他,谢谢他,但她什么也没说出来。她让麦粒把手伸过来,她抓住麦粒冻得通红的两只手,把自己的小脸捂上去,放声哭了起来。

　　麦粒不知道麦禾为啥哭,想起她让自己煮鸡蛋,以为她饿了。他胆怯地抽着手,说:"姐,我给你煮鸡蛋,就煮一个,我不吃,就煮给你吃。姐不哭,啊,姐不哭。姐,你高兴点,我刚才在许嫂家听说,你不是腿坏了,是腰坏了,市里能治好你的病,娘去问了,娘一回来就带你去市里看病。姐,你高兴不?你该高兴啊,你能跟我出去跑了。你领我出去,我肯定听你话,好不好?你笑笑,姐——,娘怕你不高兴,让我在院儿里堆雪人逗你高兴,哪里也不许去。姐,雪人没堆好,麻雀也飞了,我也没听娘的话。姐,你别哭,你哭我也想哭。"说着说着,麦粒也放声大哭起来。

在麦禾的指导下,麦粒把炉子捅着了,还架了炭,炉火越来越旺。炉子上放着一口小锅,锅里煮着两个鸡蛋,水开了,锅里咕嘟咕嘟响着,水花溢出来,炉子上滋地响了一声。

太阳出来了,红彤彤的太阳照进家里,照到炕上,照到麦禾和麦粒身上。娘进院时,麦禾正把麦粒抱进怀里。她像娘似的使劲儿搂了搂弟弟,又低下头在他脑门上嘣嘣亲了两口。

这时,外屋窗窿上糊着的纸嘣地响了一声,紧接着又嘣嘣嘣地响了几声——

爱情篇
AIQING PIAN

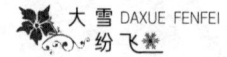

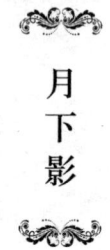

月下影

当你老了,头发白了,睡思昏沉
炉火旁打盹,请取下这部诗歌
慢慢读,回想你过去眼神的柔和
回想它们昔日浓重的阴影
……

想起叶芝这首诗歌,我抬头跟女儿说:"要保护好你的初恋和别人的初恋。等你到了我这个岁数,你就知道,一个人如果在初恋受伤,就像在受伤家庭里成长的孩子,心里会留下阴影……"

我还没说完,女儿就抢过我的话题:"初恋就是一束光。有光才有阴影,大阴天去哪儿找阴影?"女儿说完,调皮地做了个鬼脸,下嘴唇往上一噘,冲自己的刘海吹出一口气。这个动作,好多年轻人做过,当他们有了心事,冲自己脑门吐一口气,仿佛心事就会如烟一般消散。果真，女儿做了这个动作后，脸上就由阴转晴了。女儿是高中生，常常从书里翻出小纸条。有一次，她把小纸条上交了老师，那位男生被叫了家长并停课一周。

我的忠告对她似乎不起作用，因为她的反驳也有道理。有光才有阴影，月光或日光，也许那就是初恋的光吧。我想，孩子的爱还是由孩子自己处理吧，即使有阴影，总比阴云密布的黑夜强吧。

读着叶芝的诗歌，回味着女儿的话，我想是时候告诉女儿我的初恋和薛贵钢的初恋了。

我的青春年少，我的懵懂岁月，那段逝去的日子，痛苦中透着甜美，羞涩中透着愧疚。啊，在春天的暖阳下回忆那似甘露一样的初恋，我日渐干枯的身体有了幼苗发芽般的冲动。

回忆是从他推开门的一瞬间开始的。

他进教室之前，刘涛给我们画了一张他的画像：鳄鱼脸，小眼睛，大到腮旁的薄嘴唇，满脸皱纹，举着教鞭，一脸凶相。画的旁边写着：新老师王滨。

画像就贴在讲桌前壁上，讲台上的老师看不见，盯着讲台的同学们却一览无余。刘涛的父亲是管教育的乡领导，王滨又是乡里派来的。听说，新来的老师都要去刘涛家拜访，所以，大家都认为刘涛画的王滨画像，不会牛头不对马嘴。可是，谁也想不到，刘涛画的王滨画像与真人反差这么大。

他推开门时，教室里发出一片惊呼。

他穿着一件印着虎头的T恤衫，一件发白的牛仔裤，单眼皮，鸭蛋脸，嘴巴下面一层黑绒胡修得很整齐。最有型的是那张嘴，他的嘴唇很红，很厚。现在想起来，可以用性感来描述他，那时候，

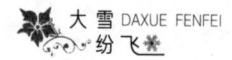

我只觉得好看。他太帅了，是我们学校有史以来最帅的老师。

62位同学一同惊呼，声音震耳欲聋。他站在门口一愣，随即，脸一红。看样子，他比我们大不了几岁。他双手端着讲义夹，夹子上放着粉笔盒。愣了片刻，他走到讲桌前，放下讲义一笑。他的牙很白，很整齐，也很亮。我的心一震。

他先介绍了自己，说他叫王滨，毕业于张北师范，在市一中实习一年，在县二中任教一年。然后，他让每位同学站起来做自我介绍。在班里，我个子最矮，坐在右边最前排。从左边最后一排的同学开始介绍，我就是最后一个了。我忐忑地等着，想着怎么能一下引起他的注意。他是教数学的，正好，我的数学最好。我想这样介绍自己："我叫周红桃，数学课代表……"用不用说成绩呢？不说我数学成绩是全年级第一，他能一下记住我吗？如果说了，同学们会怎么想呢？想了半天，也不知该不该提成绩，眼看就要轮到我了，我的心跳到了嗓子眼。没想到，我前面做的铺垫根本用不着，因为，我刚站起来说我叫周红桃，他就说："请坐，周红桃。"

我很失望，不过，也有少许安慰。因为，这节课，他喊了我的名字。其他同学介绍完，他只说请坐。

然后，他就开始讲课，他第一节课讲的是"整式的乘除与因式分解"。

我盯着他，心咚咚咚跳着，时不时提醒自己集中精力，可是，我的精力就是集中不了。抬头也不是，不抬头也不是，抬头盯着他心跳不止，低下头又觉得进不了听课的状态。转脸看其他女同学，她们的情况也跟我一样，盯着盯着就红着脸低了头。

他走下了讲台，我的心跳得更快了，担心他看见自己的画像不高兴。他从前走到后，从后走到前，站在中间，看了看，什么话也没说，直接走到讲台上，在一张纸上噌噌噌画着。同学们假装做题，其实都在猜他在画什么。后来，同学们说了自己的猜测，有的猜测他会画一群猪污辱同学；有的猜测他会画一张更丑陋的某同学的脸；有的猜测他想用一幅画教育同学们；有的猜测他是数学老师，只会出一个变态的数式让大家计算，计算结果一定是250。

谜底揭晓时大家又惊呆了，他画的是自己的画像，画得太像了，嘴唇、脸型甚至是神态都和他本人一模一样。画像上也写着一行字：新朋友王滨。他看着目瞪口呆的同学们，微笑了一下，走下讲台，把自画像也贴在了讲桌前壁上。

王滨的两张画像都在我们班讲桌前壁贴着。

王滨是班主任，他不把画像揭下来，没人揭。就像学校走廊墙上贴着的牛顿、法拉第、爱因斯坦、居里夫妇的画像一样，王滨的两张画像一直在那儿贴着。刚开始，各科老师来上课，只要走下讲台看到两张画像，就会引出一片笑声。当大家习惯了这两张画像时，王滨的自画像却丢了。

那天早晨，我一进教室，就见几位同学围成一圈议论。我佯装不知，坐在自己的座位上。刘涛走过来说："唉，周红桃，老师的自画像丢了。"我的心狂跳，却极力掩饰，说："肯定是值日生碰掉后被扫走了，一张纸，谁偷？"刘涛说："肯定是你们女生，看看你们看王滨的眼神，恨不得把人装进眼睛里带回家。"我的心跳到了嗓子眼。

自从王滨来后，回家写作业时我总进不了状态，他的脸时不时在我眼前出现，搞得我心乱如麻，老想站起来走走。我的学习状态瞒不过我娘。我一站起来，娘就问："咋了？有事儿？"我说："不咋，口渴，喝口水。"娘看一眼写字台上放着的水杯，疑

惑地说:"那不满满一杯水吗?"我赶紧坐下,刚写两道题,王滨的样子又出现了:他在黑板上写字的神态,他右手擦黑板左手甩动的样子,他讲题时眉飞色舞的样子,答疑时似笑非笑的眼神,等等。他一天在我面前是怎么出现的,回到家,我能像放录像似的一遍遍放出来,一遍遍回味。我含着笔正痴呆呆地想,娘在我头上猛地拍了一巴掌,然后就教育我说:"以前坐到那儿,喊你你也听不见,不提醒你喝水,你半天不喝一口水。一晚上,草稿纸能用一沓。你看看这几天,一晚上就写几道题,升初三了,人家都铆着劲儿,你呢?再这么下去,别说考县高中,就是镇里的高中也别想考上。我起早贪黑,这是为了啥啊?"说着,娘的泪就淌了下来,边哭边说。我们孤儿寡母能来镇里不容易,她来镇里开裁缝铺,为的就是把我转到镇里的初中,好让我将来能考上县一中。见娘擦泪,我也哭了。娘先止了哭,她边给我擦泪边问:"是不是娘踩缝纫机吵着你了?不行娘晚上就不干活了。"我不能停了娘挣钱的路,我和娘就靠裁缝铺过日子呢,但我又不能跟娘说我见不着王滨老师心就烦,最后,我想到了解决办法,偷那张自画像。我坐在前排,那天下晚自习,我最后一个出教室,随手把王滨的自画像撕走了。因为撕得急,画像的一个角留在了那里。画像就贴在我家写字台柜门里边。真的,现在回想起来也觉得奇怪,把王滨的自画像贴在门后,烦躁时打开门看一眼,我立刻就稳定下来了,做题速度也特别快。现在的孩子们爱把自己追逐的明星照片带在身上、贴在卧室或放在手机桌面上,可能与那时候我的心境是一样的。

  那时候,大家都不富裕。在我们山区小镇,谁家都不会给孩子专门配备一个写字台。同学们回家不是在炕上写作业,就是在四条腿的小矮桌上写。我们班,除了刘涛家,就是我们家有写字台了。

写字台是娘给我买的旧货，一个抽屉掉下来了，娘用胶带纸把它粘死了。就这，也让我们班女生羡慕死了。

我把王滨的自画像贴在写字台下面的柜子门里，白天上学，我把那个门上了锁。

早自习时，王滨知道他的自画像丢了后，说："肯定是谁从讲台前面过，不小心蹭掉，值日生当废纸扫走了。也不是人民币，谁还拿那个当回事？"有男生嚷嚷说："不是那么回事。刘涛画的那张咋没事？有人偷那张好看的，肯定背后有故事。"王滨嘿嘿一乐，说："别小题大做，大家不嫌烦，我再画一张不就行了？"说着，他真的又画了一张贴了上去。他还嘱咐刘涛也重画一张，说他画的那张也旧了，一蹭就破。他还要求刘涛还画成那个模样。刘涛真的也重画了一张，刘涛画时，班里的男生都围着。这次，刘涛虽然画的还是鳄鱼脸，小眼睛，大到腮旁的薄嘴唇，但大胡子老人脸上的凶相没了。

谁也没想到，一周后，王滨的自画像又丢了。是谁偷的我不知道，但我敢肯定，我们班还有一个和我一样的女生存在。

照样，同学们又嚷嚷开了，扬言要查到底，看看哪个女生那么无聊。有的还扬言要让校长和其他任课老师知道。这事我得让王滨知道，一来他是我们班主任，二来丢的是他的画像。只要王滨知道了，就会没事。我以数学课代表的身份找了王滨，因为这次不是我做的，我很理直气壮。王滨听说同学们因为一张画像要让校长和其他任课老师知道，他的脸当下就变了，嘴里嘟囔了一句："小题大做。"

他到了教室，把另一张画像也撕了下来，说别嚷嚷了，以后不贴不就行了。他这样一说，男生们不让了。他们说跟刘涛约好了，

以后代表男生每个月都重画一张班主任的画像,看半年后能把班主任画成啥样。听了男生的约定,王滨笑了,笑罢,他咬了一下自己的嘴唇,还不好意思地揉了两把自己的头发。他的样子像个大男孩,可爱极了。他的每一个动作都让我的心跟着狂跳。

他说:"那好吧,我也想看看刘涛会代表大家把我画成啥样。要不我再补一张?"这样说时,他真的又画了一张自画像,还让刘涛代表男生们也画一张贴上。这次,刘涛虽然还画了鳄鱼脸,小眼睛,大到腮旁的薄嘴唇,但大胡子老人变成了年轻人,手里的教鞭也没了。

这以后,两张画像贴了半个多月。半个月里,几乎所有自习课王滨都陪着我们,他也不说话,看谁写作业走神儿,就走过去,用手指头轻轻敲一下桌子。可是,上体育课时,他又要求全班同学必须出去,谁没出去,谁出去不活动,谁活动没出汗等等,他都会一一点评。有时候,他还跟男同学一起打篮球。他打篮球的动作太帅了。三步跨栏,别人都是右脚落地,他抢了球,一个漂亮的转身,大跨三步,左脚一落地,球一出手,两分球稳拿。他打篮球,操场四周围着的几乎都是女生。女生的尖叫声,能把操场震翻。

我们初三年级共三个班,我们班在三次考试中都拿了第一,其中数学成绩一直高分领先。我个人总成绩在全年级三次考试排名中分别排在第五、第四、第二。我的数学成绩一直保持在年级第一。我的成绩在逐渐提升,考县重点高中没问题。那时候,初中毕业可以考中专、师范类院校。按分数和志愿,各大中专院校录取完,才轮到高中录取。本来,我的成绩够不着中专分数线,成绩提高后,娘的目标也提高了,以前要求我考个好高中,现在却希望我考个中专,说我上了中专,一辈子有了铁饭碗,她再也不用发愁家里的生计了。娘的意思我再明白不过，我得奔着中专的分数努力。

张北师范就是中专院校，如果考上了，我四年后就可以与王滨同台教书，到时，我们就不是师生关系，而是同事。同事间，什么事不能发生呢？确定目标后，我的学习劲头更足了，每天天不亮就悄悄起来，出了院，借着星星点点的光，背语文、英语、政治。要求熟记的内容，我背一遍返回来再背，几本书让我背得滚瓜烂熟。那时候，除了书本，大家都没有复习资料。刘涛父亲给他从县城买了一套课外书，他不做，我就借来。晚上，做完作业，我就抄那本复习资料上的题做，娘不提醒我睡觉，我就毫无睡意。期中考试，我考了全年级第一，并且总分比第二名高出38分。

临近中考，同学们铆足劲竞争，压力大，情绪坏到了极点。男同学稍有不顺就互相掐架，女同学们妒忌成性，也有部分同学，因心理压力大谈起了恋爱。对于初三毕业班这种现象，学校早预料到了，分别就毕业班打架、谈恋爱的问题出台了校规：打架者停课一周，谈恋爱者停课两周并请家长，情节严重者取消中考资格。

如果不是发生了那样的事，就我的成绩，考张北师范一点儿问题也没有。

星期天，我像平时一样跑到学校学习。王滨是外地人，他住在教师宿舍，周日很少回家。同学们谁都不知道他不回家的原因。有王滨在，周日我就和不回家的住校生一起坐在班里写作业。王滨坐在最后一排看书，谁有不会做的题可以随时问他。

那个周末，我照样去学校学习，一进教室，就见一伙住校生围在讲桌旁。原来，王滨的自画像又丢了。同学们正吵着，王滨进来了。得知自画像丢后，他笑了笑，说："好了，看来我挺吃香，大家白天看不够，晚上回家还想看。那好，我今天就画几十张，明天给你们一人发一张。"说着，他就从办公室拿了一沓白纸，坐在教室画开了。我们也散了，各学各的。其间，有三位女同学说要去商店买东西。没想到，三位女同学到了我家，跟我娘说要借我的笔记本看。我娘说我去学校了，让她们到学校找我。她们说她们刚从学校来，说我把笔记本落家里了，让她们到家取。我娘不识字，就让她们自己在学习桌上找，她们没找到笔记本，却从上面唯一能用的抽屉里找着了下面柜门的钥匙。这一下不得了了，她们拿走了我的日记本，也看到了王滨的画像。

娘只顾缝纫，我回去，也没提三位女生来家的事。我像往常一样学到了半夜。因为想学的东西太多，我就没想着写日记。

周一，我一进学校，就看到一群人围在学校宣传栏上，宣传栏的黑板上贴满了纸。我跟随拥挤的同学凑了上去。啊，那是我的字体，是我的日记。如五雷轰顶，我一下懵了。现在回想起来，我都不知道自己是怎么跑回家的。

我写日记是从王滨分配到学校，担任我们班主任兼数学老师时开始的。我的每一篇日记都跟他有关。

在这之前发生过这么一件事。那天，我把数学作业抱到王滨办公室后跑回去上化学课，结果翻遍书柜也没找到化学书。刚下课，王滨就进来了。他举着我的化学书问全班同学："数学课代表这么粗心，把自己的化学书当数学作业交给了我。你们说，这么粗心的人该咋处罚？"男同学异口同声地回答："打手心。"王滨也不笑，他真的走到我跟前，很严肃地说："伸出手来。"我伸出手，看他举起了书，就把手与地面倾斜成了90度，为的是不让他打着。王滨一只手扶住我的手背，一只手举起了书。书被高高举起，却轻轻落在了我手心。看我浑身颤抖，他哈哈大笑着走开了。其实，我颤抖的原因并不是怕被打,而是激动。我瘦小的手放在他厚实的手掌里,感觉如同有电流穿过。那晚回了家,我在日记里这样写道:"今天,他终于抓住了我的手,如电流穿过全身,瞬间,我晕厥了,失去了意识。他的手真大、真温暖。我真想让他就此抓下去,一直抓着,像正常恋人一样,牵着我的手,一路走下去。他走后,我一直端详我的手。看着那只被他抚摸过的手,我浑身发热。我是多么期待啊,期待我们十指相扣的那天!"

其他日记,我也写得特别煽情。其实,细究起来,那根本就不是日记,我只是依照一件事,靠我的想象加工成了我愿意看的东西,应该说,那是我的创作。不同的是,日期、天气、正文,都是按规规矩矩日记的格式写的。日记里,我写他的神态,写他看我的眼神,写他看其他女同学的眼神,写他在黑板上写字的姿势,写他打篮球扣球的神态。有些地方,我会加进自己的想象,比如说:"他进了一个三分球,咬一下嘴唇,在女生堆里找我,看到我,就不好意思地笑了,而后,他如加了油一般,更活跃了。"我还自我感觉良好地写道:"他那样眼含深情地看同学们,只是想引起我的注意,让我吃醋,从而更迷恋他。"我还把周日他到教室陪我们学习写成他是为了看我,甚至,把他上课对我的提问也写成了他向我传达爱意。我参照他的生活轨迹,洋洋洒洒杜撰他的全部,并且,把我对他的感情都转化成了他对我的感情。从我的日记可以看出,他深爱着我这个得意门生。

学习烦躁时,我自己翻看自己杜撰的日记时都会热血沸腾,脸红心跳。这样的日记却被堂而皇之地贴在了黑板上,引起全校师生的围观。我有何脸面再回学校?

没想到,在我考虑怎么请假的时候,我娘被学校叫去了。日记

传到了校长手里,我被停课了,王滨被调查了。

临近中考,我被停了课。这一下,急坏了我娘。我娘放下了手边的营生,三番五次往学校跑,求校长网开一面,让我上学。可是,娘带回的消息却是,有几位老师不同意我复课,他们联名要求学校开除我,说我对学校造成的影响特别恶劣。其实,那几位老师死咬着不放过我,是针对王滨的。当时,正赶上老师评职称,王滨最年轻,又是从县中学下来的,再加上他的口碑、文凭、成绩,王滨很有机会胜过他们。这节骨眼上,出了这么一档子事,互相竞争的老师们怎么能错过这个机会?只有把这事闹大了,开除了学生,让乡里知道了这事,才能把王滨整下去。当时,我分析不了形势,如果是现在,我肯定会把事情的真相一五一十说出来。但是,当时的我只想上学,参加中考,尽快让这件不光彩的事不了了之。所以,当调查的人一一问起日记内容的真实性时,我选择了沉默。甚至,当调查的人问王滨是不是单独约过我,两人在一起时,他是不是瞎摸过我时,我羞于回答,也选择了沉默,同时还配有啜泣。

半个月后,我返校了,才知道王滨被打发到了王村中学。王村是灵丘最贫困的一个地方,那里的山高入云霄,那里的路傍崖而行,那里的人一年出不了几趟大山。王滨走的那天,除了被停课的我,全班同学都去送了。刘涛代表全班男生重画了一幅画像,那幅画像恢复了他的本来面目。

我以为学校是看我成绩好才让我复课的。参加完中考,我才从刘涛口里得知,是王滨牺牲了自己才让我复了课。刘涛说,当时王滨找到他爸,要求他爸出面恢复我的学业。当着他爸的面,王滨说一切都是他的错,跟学生无关,他说是他先勾引的我,他太寂寞了,想找学生解闷。刘涛他爸奇怪,说:"周红桃个子不高,长相也不好,看上去完全就是个小女孩,你怎么能选她解闷?"王滨说了一句很让他爸费解的话。他说,周红桃的灵魂是成熟的,对一个灵魂成熟的女生,他愿意与之交往。事后,刘涛爸跟刘涛夸了王滨,说王滨还是个大孩子,还不会遮掩,是不是恋爱了,一看脸色就清楚。王滨根本就没跟学生谈恋爱,更不可能亵渎学生。明知道他是个有担当的老师,但为了安定学校,为了让那些老师不再闹事,为了不毁了周红桃这位学生,乡里只能调走王滨。为此,刘涛组织了全班同学为王滨送行。但是,从此,王滨的档案里有了这样一条记录:1988年,亵渎女学生。

王滨救了我,却毁了自己的一生。因为这条罪责,他在教育事业上,一生没翻过身来。他的这条罪责就如一根被石头压在河底的草棍,只要有竞争,就会有人把石头搬起,让那根草棍不经意地浮出水面。

灵丘县基本地貌由三部分构成,其中85.5%属土石山区,8%属丘陵,6.5%属平川。我所在的镇中学在川里。山里人很羡慕在川里生活的人。

我的中考成绩是550分。一向排在全校前五名的我,中考时第一次考了一个全校第10名。当年,张北师范的分数线是558分,县重点高中的分数线是516分。我上县重点高中没问题,但我瞒着母亲,只报了一所普通高中。那是灵丘县设在大山里的唯一一所高中——柳树庄中学,一所专门为大山深处的孩子们设立的学校。

只因为柳树庄与王村隔着一座山。

拿到录取通知书,娘惊呆了。

娘问:"为啥只报柳树庄中学?"我没回答。

娘又问:"你是不是觉得王滨去了王村,你去柳树庄上学能去找他?"我羞于回答,脸红透了。

娘突然冒出这么一句话:"想也别想。"

娘气鼓鼓地又补充了一句难听的话:"一个女孩子家,咋就那么,啊,那么不知羞呢?"

娘从没说过这么重的话,我很委屈,解释道:"我就是觉得对不起人家。"

娘一愣神,问:"你是不是觉得欠了王滨?"

我点了点头,娘又问:"你知道了?"

我又点了点头。

娘愕然,脸上露出一丝惊恐。对娘的表现,我根本没有深究。现在回想起来,当时,娘和我说的是两茬话。娘以为我知道了她为我做的亏心事,而我点头认可的是刘涛告诉我的事。

我永远记得去柳树庄中学报到的那天。我娘哭得死去活来,好像,我不是去上学,而是去送死。娘生我的气,我不让她送,她当真就没送我去学校,只把我送到中巴车上。也是,我娘为我能上好学校,才从山里搬到川里,到镇里开了裁缝铺,而我没经她同意,自行返回了深山,她咋能不生气?

那天,天下着毛毛细雨,进山的中巴车在崎岖的山路上艰难地爬行着。一车人昏昏欲睡,我却精神十足,想着车每前进一步,就离他近一步。我和他的距离只隔着一座山,一想到翻过一座山就可以看到他,我的心狂跳。见到王滨,我会做什么呢?现在想想,15岁深陷爱河的我,根本没想过拥抱、接吻之类的事,那时候,想得最多的就是让他看我一眼,让他知道,我为了他来山里上学了,然后，向他道歉，求他原谅。

现实远不是一个 15 岁的孩子能想到的。到学校后，我惊呆了。那是怎样的学校啊？学校背靠一座大山，面对另一座大山。学校只有十几间房，还被一堵墙隔着。墙那边是初中，总共有五六间房，墙这边是高中，前后三排加起来不超过十间房。我以高出本校录取分数线 98 分的成绩进了这所高中。这个学校一届只招一个班，一个班将近 70 人。

到校时已经是傍晚，报了到，老师就把我领到了宿舍。宿舍是很大的一间屋，屋里有南北两排炕，中间是过道。炕沿上，老师已经用粉笔画好了分隔线。其他同学已经铺好褥子，吃饭去了。炕上只剩下一块地方，我把褥子竖着叠三折才铺进去。好在我瘦，侧身躺下，左右看看，周围还有一拳头的地儿。外面下着毛毛细雨，我的衣服湿透了。铺好床，我换了衣服想躺进被窝暖和暖和，没想到，一下就睡着了。待醒来，天已微亮。左右铺的两个人都占了我的褥子，我被挤成了一个小薄片，像书架里的一本书。微光从窗帘上面的玻璃照进来，屋里明晃晃的。我想看看两排炕是不是都睡了人，却翻不过身。我抽书一样从两人中间把自己抽出来，刚一出来，左边的胖女孩就翻了个身，舒舒服服平躺了下来，完全占领了我的地方。我站在地上，看着两排炕上黑压压的人头，这才觉出了陌生，觉出了怕。这么多人里边，没一个是我曾经的同学，对她们，我得重头认识。

我走出宿舍，才发现已是午夜，月亮当空照着，四周一片寂静。突然，一声动物叫声从山上传来，声音在四周的山峦间回荡，震耳欲聋。我害怕极了，又急急返回宿舍，却完全找不到自己的铺位。我好不容易找到自己的枕头，想上炕，却连脚都插不进去。我

从胖女孩头下抽出枕头抱在怀里,蹲在炕沿下,泪流满面。

就这样,我在自己铺位的炕沿下坐到了天亮。

天亮后的情况更糟糕。每个女孩都有伴儿,她们几个人一伙,有排队打水的,有排队打饭的。水房水龙头少,她们一个人挤上去接一盆水,出来分给自己的同伴用,等她们都接上水,才轮到我接水洗脸。我是最后一个洗脸,最后一个吃饭,最后一个走进教室的。我进来时,教室里已经坐满了人,留给我的是倒数第二排的一个座位。而我的课桌几乎挨着后面的桌子,两桌子间只有拳头大小一个缝儿,我的凳子在桌子下放着,即使侧着身子,我也挤不进去。我就那么站在过道里,傻傻地等老师进来。

班主任是位男老师,叫孙涛。他进了班,看我一眼说:"周红桃,先找个座坐下。"我看了看座位,没说话。孙涛说:"后面那位男同学再往后挪点,让周红桃坐进去。"后排那位男生说:"我已经贴住墙了。"孙涛很蛮横地吼道:"再使劲儿往后贴贴,她坐不进去,咋上课?"孙涛的当地口音很重,蛮横起来透着怪声。后排男生抱着桌子动了动,并没挪出多大地方。孙涛又吼道:"前面的同学往前挪挪。"一阵挪桌子的声音过后,我挤进了座位。

我在柳树庄中学的第一堂课就这么开始了。第一堂课上,孙涛点了名,同学们做了自我介绍。最后,孙涛做了总结。他说:"大家不要悄悄嘀咕,不要奇怪为什么她一进班,我就知道她的名字。我告诉大家,不只我知道,校长也知道,全校老师都知道。因为她是从川里来我们这儿的,她以高出录取分数线近 100 分的成绩报考了我们学校。这样优秀的同学主动来我们学校上学,有史以来,这是第一次。这是我们学校的骄傲,我希望同学们能以主人的身份招待她。"

孙涛还没说完，班里就爆出一声惊呼。那声惊呼，不亚于当年我们初见王滨时的惊呼。现在回想起来，我都有点后悔。如果当时下了课，我能主动跟某位同学搭讪，以后也不会那么难堪。可是，当时我心里只想着山那边的王村，只想着见一下在王村中学教书的王滨，对身边的人根本没在意。我不主动跟同学打招呼，别人都以为我傲，没一个人主动跟我说话。等我知道事态的严重性时，大家已经三个一群、五个一伙抱成了团。唯独我，成了孤家寡人。

但这并不影响我什么。我上课听课，下课吃饭睡觉。闲下来，我就悄悄想王滨，盘算着抽时间越过那座山找他去。日子就这么过去了一周。

终于等到了周日。一周休一天，我根本回不了家。本来，我打算休息时去山那边的王村，没想到，我娘来了。当她提着好多干粮、拿着几件新做的衣服走进宿舍时，我本以为她会惊讶地叫出声来，没想到，她看了眼宿舍的情况，只说了一句："这么多年了，山里的学校还是这样。"

我之前说过，我娘开着裁缝铺，很会做衣服。不管什么样子的衣服，只要她看一眼就能仿着做出来。所以，我穿得很时尚。尤其是在柳树庄中学，在大家眼里，我不亚于现在的时装模特。不一样的穿着打扮让我在柳树庄中学更加另类了。但当时，我根本没意识到这点。下午，我送走了我娘，上了后山。就算去不了王村，我也想看一眼。

我用了近一个小时爬上后山。我站在山顶，看着夕阳一点点埋进西边群山里，看着山这边的学校隐在一片暗影里，看着山那边村庄的灯次第打开，既惆怅又欢喜。惆怅的是，我该下山上晚自习去了，欢喜的是，我看到了山后的村庄。山后有两个村庄，一个在远处那座山的左山坳,一个在右山坳。虽然我不知道哪个是王村,但就像在人群里看到王滨的背影似的,激动得泪流满面。我对着后山大声喊了一声:"王滨老师,我来了。"群山回应:"来——来——了——。"我又喊道:"王滨老师,对不起了。"这一声,我带着哭腔,群山照样欢腾:"起——起——了——"

我的道歉王滨肯定听见了,因为,那晚我睡得特别踏实。

接下来的日子,我有意接近一个人。她是我们班的李丽,家住王村。出教室时,我走在她后面,并且假装不小心把她的鞋跟儿踩了下来。她回头看看,揉着脚把鞋跟蹬上去,看我一眼,紧张地跑到前面,抱着前面女同学的膀子走了出去。瞅她的表情,好像她的鞋跟儿被我踩掉是她的不对。我一脸失望。打饭时,我又排到了她的后面,我说:"对不起,刚才踩到你了。"她回头看我一眼,紧张地四下张望,好像有人监督她似的。我站在她身后,悄声问:"你是王村的?"她头也没回,只嗯了一声。我又问:"你回一趟家得多长时间?"她说:"骑自行车得大半天。"我又问:"王村是山坳左边的村还是右边的?"她还没回答,就被左边队伍里一个高个儿女生拉走了。

她骑车得走大半天,这样看,王村应该是左山坳那个村了。步行去的话,一天打不了来回,我没有自行车,只能乘从县城路过的中巴车,这样晚上才能到王村,要回来就得等第二天早上了。看来,周日一天我去不了王村。况且,一到周日,我娘总要做很多干粮送来。

这以后,一有空闲,我就上后山坐着,在那里,我可以望见王村。

初中部的门朝东开着,高中部的门朝西开着,高中和初中虽然隔着一堵墙，却像两个背靠背坐着的人，谁也看不清谁的脸面。但是，初中部和高中部共用一个操场。操场是在铲平的一座小山处修建的，操场不大，就在高中部院墙后面。我们跑操时，得出了大门，绕到房后才能到达操场。高中部是早晨跑操，初中部是课间跑操。因为上体育课得跑出校门，高中部的体育课都成了自习。围着的200米的操场圈内有两个篮球架，在后山，能看到在操场上打篮球的人。

那天周日，因为天阴着，我比平时下山早了些。暮色里，能看到操场上打篮球的人的身影。山坳里有一条小溪流，一股泉水咕咕地从一块洁净的石头下冒出来，每次下到山坳，我总爱蹲在泉眼边戏水。我把手捂在泉眼上，洁净的水就在我五个指头缝间开了花。看着纯净水从指缝间喷出来，像花一样盛开，我心里很美。戏水的时候，我看了眼阴沉的天空，尔后把目光移到了操场上，这一下，我惊呆了，只见操场上一个矫健的身影正在运球。他左腿着地，右腿抬起，一个漂亮的转身，一跃，球投进去了。那身影太像王滨了！我百米冲刺，踩着山坳里高低不平的石头，趔趄着往操场跑。跑到操场坡上时，三个人已经离开操场，我只看到三个背影在初中部的院墙边一闪，转过弯消失了。看样子，那是初中部的三位老师，初中的学生没有那样的身板。王滨怎么可能到这里呢？这世上会扣球的左撇子也不只有王滨一人。虽这样想，可我还是呆呆地望了初中部的院墙半天，好像我的目光能穿透那堵院墙，看到初中部院内的一切。

我不知道乡中学合并了，王村的初中早合并到了柳树庄中学。我以为我们是一山之隔，实际上，我们只是一墙之隔。

我把自己孤立在群体之外，处境越来越难，我的座位永远只有

爱情篇

一个缝隙。虽然老师多次让同学们移桌子,但只要我离开,我的座位就会恢复成一尺的缝隙。最后,老师也装作看不见,任我僵硬着身子坐在那里。自习课,我干脆把板凳搬到走廊里,侧着身子写作业。日子就这样熬到了冬天,高中部的第一个假期就要到了。这时候,我对王滨火一般的热情似乎减弱了,但我的愧疚感丝毫未减。

每次考试,我的成绩都遥遥领先。几位同学有意无意凑到了我的跟前,每次自习课都有人过来问问题。我不苟言笑,像一位小老师一样,在她们面前竖立起了威严。

因为成绩好,老师把我调到了第四排,这样我能给更多的同学讲题。那段时间,莫名其妙,我的座位有了适合我坐的间隙。我猜测这是因为同学们见我耐心讲题,不再排挤我。一个受排挤的人,一旦受到拥戴,心中就充满感激。我就是这样,坐在舒服的座位上,我给同学讲题的劲头更足了。

柳树庄中学的同学爱抱团也爱打群架。那天,我一进教室就见几个男生围着一个男生打,他们从我座位处开始,一直扭打到了后面,桌子凳子一阵乱响。这一下,我的座位空出很大的空间。我舒舒服服坐进去,回头看了一眼后面。一学期快结束了,我竟然叫不出后面打架同学的名字,70多名同学,我能叫上名的只有十几位。那位挨打的男生满脸血迹,鼻子还在流血。他有一张很俊朗的脸,圆眼睛、单眼皮,黑黑的胡须下是一张肉嘟嘟的嘴。因为他长得挺像王滨,我由不得多看了几眼。他在乱拳中抬起头来,目光直盯着我,我一惊,赶快回过头来。老师踏进教室时,我又回头看了一眼,打架的同学已经坐到了座位上,而他,正细心地擦拭着脸上的血迹。我一回头,又迎住了他的目光,他那样的眼神让我心里猛地一热,第六感觉告诉我,他一直在背后看我。

在老师的一次提问中，我记住了那位挨打的同学的名字：薛贵钢。贵钢同学隔几天就挂一次彩，可是，我看他时，他的脸上永远都挂着深情的微笑，即使满脸血迹，他都会露出洁白的牙齿冲我微笑。而他看我的眼神，总有那么一种特殊的意味，像什么呢？像暖阳？像火炉？像正盛开的花朵？像擦拭眼泪的花手帕？还是像寒冷的肌肤上突然放上来的暖手？我无法说出那是怎样一种目光，那种目光让我温暖，让我心动，甚至让我脸红。那种目光，被爱恋过的人都曾经历过。

后来从一女生口中得知，薛贵钢挨打确实是因为我。他为了给我占座位，在我进班前就坐在我的座位上。前后同学合起伙来挤他，挤着挤着就动了手。我知道后却一直装作不知道。我进了班，看着几位扭打在一起的同学，看着满脸血迹的他，心安理得地坐在自己座位上，享受着这份特殊的待遇。

现在想起来，那是一种怎样的自私啊，他为了我挨打，我竟然没跟他说过一句话，更别说感谢他了，好像他为他的初恋就该付出那样的代价。

那天，我照常进了教室，照常走到座位上。我坐下后发现，我的板凳被调了包。我的板凳面是由三块木板钉成的，中间一块木板稍黑，但凳面很平整。眼前的板凳，凳面是一色的，掉在了地上。凳腿间的固定木条也是散开的，四条凳腿像四个支架一样支在那里。怎么坐？我从地下拣起凳面，拿在手里却不知如何是好。班里没有多余的凳子。正犹豫着，老师进来了。我知道，如果这事让老师知道，他肯定会当着全班人的面，怒骂那位使坏的同学。这样一来，同学们更会变着法儿刁难我，对于这一点，我深信不疑。情急之下，我把凳面放在支架上，小心翼翼地坐了上去。一节课，我虚

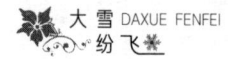

虚地坐在凳子上，身子半蹲着，不敢扭动一下，我怕一扭动，整个人就会像凳子一样散了架，引起哄堂大笑。这正是搞恶作剧的同学想看到的。因为担心凳子散架，一节课，我如坐针毡，不敢坐下去，又不敢站起来，就那么半蹲着熬到了下课。我的腿又酸又胀，老师一出教室，我一屁股坐在了地上。当听到后面男同学嘻嘻嘻的笑声时，我一下来了劲。我站起来，并没去找自己的凳子，而是修起了这个凳子。我先把凳腿间的固定木条装上去，再把榫头插进卯眼里，好在卯榫相配，我在宽大的卯眼里塞上纸，凳子平稳了许多，虽然摇摇晃晃，但不至于散了架。第二节课，我照样坐着这个凳子，虽然扭一下身子，凳子就会吱吱乱响，但知道它不会散架，我的胆子就大了起来，做题也顺畅了。放了学，我也没去找我的凳子，我把凳面拿下来跟书一起放进了课桌里，像没事人似的，高昂着头走出了教室。很奇怪的是，那天放学，全班同学没一个起身走的，我第一个走出教室，教室里鸦雀无声。一出教室，我的泪就夺眶而出。

第二天，我看到我的凳面和凳腿被绑到了一块，一根细细的绳子从四个卯榫里穿过去，把凳面牢牢地绑在了凳腿上，下边也用铁丝固定死了。而那天，后面的同学又打了群架，薛贵钢同学又是满脸血迹。我坐在座位上，回头看了一眼薛贵钢，这一次，我不自觉地露出了感激之情。当时，我的眼神肯定表达了我的内心，因为我一看他，后面的同学噢的一声惊呼了起来，随后还发出一阵唏嘘，薛贵钢的脸就大红。虽过去了这么多年，他当时窘迫的样子还历历在目。

这期间，周日下午我照样上后山，因为天黑得早，我在山上待的时间越来越短。我对王滨的歉疚和爱恋如同被大雪覆盖的枯草，不到春风化雪、春暖花开时节便不会天天出现在我面前了。

后来,我与朋友聊起了高中的经历,朋友们说我不该恨那些男生,应该感谢他们,因为他们也跟薛贵钢一样恋着我。他们挤座位、换凳子,无非是想让我走到后面,同他们一一说说话。他们这样做,并不是因为恨我、讨厌我,只是想引起我的注意,只是,对于爱,大家的表达方式不同罢了。可是,我即使坐不进去,即使坐在破凳子上,也绝不跟他们搭一句话,更不会求他们往后挪动一下。

正如女儿说的,有光的地方才会有阴影。当时,我对于他们的举动是那么气愤,有时候,还为自己选择来这所学校而懊悔、自责。虽然我的初恋蒙受阴影,我给薛贵钢的初恋也蒙上了阴影,但是,现在回想起来,那是一段多么美好的岁月啊,我曾经那样恋着别人和被别人恋着。我之所以说恋而不说爱,是因为真正经历过爱情,走进家庭生活后才知道,爱和恋是爱情生活的两种状态。

那年秋天,我们学校分来了一位姓蒋的老师。因为他被分到了山区,大学时期的恋爱对象跟他分手了。他受不了这个打击,一个人跑到山上对着山外哭一阵骂一阵,疯了一样。连续半个月,天天如此。看到蒋老师疲惫不堪的样子,莫名其妙的,我竟然怕面对他。一看到蒋老师,我就想起了王滨,王滨比他受的委屈大。蒋老师上山一吼,我就仿佛听到了王滨的哭腔;他上山一骂,我就仿佛听到了王滨对我的怨气;他满脸愁苦地在校园里行走,我就仿佛看到了王滨的身影。我快崩溃了,一碰到他,我就绕道走。我对王滨的愧疚像雪下的枯草逢春,几天之内便蓬勃而起。我受不了这种煎熬了,我决定去找王滨。那天周日,我早早上了山。我望着王村,规划出了路线图。只要沿着王村的方向下山,下到沟底,再沿着王

村的方向上山，就能到达王村。

灵丘地带的山多，但大多数山上只长石头不长草，一年四季山头上都是灰蒙蒙的，很少有绿意。我们学校后山也一样，山上的石头无论大小，一律是白色的。白花花的碎石头下，一株株草像受气的小媳妇，从石头缝里悄悄探着身子。直耸的岩石，像立着的人，又高又大，形状也怪。

下山的路很陡，我踩着白花花的石头走了一个小时，抬头一看，发现才下了山尖。我从学校方向上山用了一个小时，从这里下山，一个小时却才走下山尖。我背靠着一块大石头坐了下来。大石头的缝隙里开着一朵山丹丹花，又红又鲜又水嫩。我搬起旁边的小石头想把山丹丹花连根挖起，一搬小石头却发现下面压着一堆蚰蜒。那些蚰蜒盘在一起，熙熙攘攘，一见阳光，四下逃散。蚰蜒长着很多腿，爬起来很快。见那么多熙熙攘攘的东西四下乱窜，我拔腿就向山下跑。脚下的小石头哗啦啦往下流，我脚下一滑，顺着山坡滚了下去。我控制不住方向，只好闭了眼，惊叫着往山下滚。滚了几十圈，我被一堆东西挡住了。那是一堆荆棘，顺着荆棘往山下看，下面密密麻麻都是灌木、荆棘、杂草、树木，像在柴火里滚过的女人的烫发。我向下看，找不着地面，看不到山谷。抬头，也看不到山头。我坐起身子，抓着荆棘刚站起来，脚下的石头就被踩塌了。哗啦啦一阵乱响，石头向坡下滚去，一堆石头一直滚，一直响，半天，我听到一块石头咚的响了一声，如掉进万丈深渊。那声响惊出我一身冷汗。怪不得这边山上没人上下，怪不得放羊的人宁愿绕道也从山那边上下，原来，这边是峭壁。

下不了山，我就去不了王村。这时，太阳已经越过我的头顶向西移动了。看日头，午饭时间已过。我得在太阳落山前爬上山顶，到了山顶，我才能按原路返回学校。我趴下身子，在荆棘丛里寻找自己滚过的痕迹，顺着痕迹，一步步艰难地往上爬。终于，我爬到了只长石头不长草的地方，待我能直起身子时，我看到山顶处有一个人影。那是一个男人的身影，他好像俯下身子向我站着的山坡处看了我一眼，瞬间，就消失了。待我爬上山顶，山顶处空无一人，只有一轮继续向西移动的太阳。我像蒋老师一样，站在山顶，对着王村的方向大吼起来。当看到自己血肉模糊的膝盖，看到自己娇嫩的双手上扎满了针头大小黑麻麻的刺时，我再也控制不住自己，放声大哭，直哭得夕阳西下，哭得霞云变暗，哭到万家灯火时方才下山。下到泉眼处，我用冰凉的泉水洗了脸。像昏迷的人遭冷水泼一样，我打了一个激灵。痛哭过后，虽然一天没吃饭，但我浑身轻松。往学校走时，我在初中部院墙转角处又看到了一个突然消失的身影。

回到宿舍，同学们已经上晚自习去了。我的铺位上摆着一份饭。一个大瓷碗里盛着半碗山药熬白菜，上面架着一双筷子，筷子上放着一个大馒头。旁边留着一张纸条：周红桃，你回家了吗？一天没见你吃饭，我们帮你把晚饭打回来了。

这是我第一次得到同学的关爱，第一次感受到同学的温暖。多年后才知道，我在山上痛哭的声音传到了校园，先是没回家的住校生站在校园里望着大山，后来，返校的同学也加入瞭望。据说，好多女生都哭了。她们望着后山的方向向我道歉，说她们孤立我是因为我看不起她们，她们不跟我结伴是因为我不想跟她们结伴。她们都说，我上山痛哭是因为压抑和孤独。其间，有几个男生看到山上有两个人，一个在下坡山凹处走，一个在山顶。他们以为在山凹处走着的人是上山找我的薛贵钢，可是，当他们回到教室时，才发现

薛贵钢正趴在桌子上哭。这是我上大学后一位同学写信告诉我的。她说，至今大家都不知道前面走的那个人是谁。当时，大家怕我难堪，故意给我留下那张纸条。那意思是说，我在山上的一切她们都不知晓。

我抛开我初恋的结局，先说说薛贵钢初恋的结局。

元旦时，孙涛说学校要开联欢会，有表演才能的都要表演节目。他说，他了解同学们的学习情况，但至于才艺，还得同学们自告奋勇，会什么演什么，自己报节目。孙涛还说，73位同学里，他只知道一位同学有唱歌天赋，那就是薛贵钢。他这么一说，同学们都把头转向了薛贵钢。当我转过头看他时，他正深情地看着我，他眼里有一块亮晶晶的东西在闪。那眼神好像一直停在那儿，像一颗固定的星星，等待着我的回顾。我不屑地扫了一眼，迅速回过了头。会唱歌有什么了不起？当时，我只知道学习好能上好大学，没听说会唱两嗓子也能被大学录取。我回过头来时，听到后面同学齐声嘘了一声。老师以为是在嘘他，气呼呼地严厉地批评了那些同学。可我知道，同学们是在嘘薛贵钢，嘘我看他时的不屑眼神。因为那时候，后面男生更关注的是我看薛贵钢的眼神。

虽然遭到了我的冷遇，薛贵钢照样深恋着我。那天，他第一次找我说了话。老师让他统计节目，他很热情，从前往后，一个一个问同学们能表演什么节目。他走到我跟前，并没问我会表演什么节目，他很断然、很急促地说道："联欢会你得参加，我要给你唱歌。"说完，他就到了下一个同学那里。他跟我说话时声音很颤，他走开，我才回味出他话里的意思。

对他的话我根本没有理睬，因为联欢会定在周六，加上周日，就有两天的休息时间。我本打算利用这两天时间去趟王村，来了这么长时间了，还没见到王滨，我得去找他。没想到，母亲也知道我能休息两天，周六一大早就托一个顺路车把我接回了家。

班里联欢会的情况我一无所知。后来得知，那天的联欢会是在操场上开的。山区人很难见到热闹的场面，只有从山外来了耍猴的、放露天电影的，全村人才能聚在一起热闹热闹。所以，那天高中部联欢，全村人都来凑热闹。居民们都搬了凳子，早早占了座位。戏台就是半山坡的主席台，那是校领导讲话用的地方。站在台上，只能看到下面黑压压的人头，看不清下面人的脸。那天，薛贵钢唱了好几首歌，他唱完一首，山区的居民就喊着让他再来一首，他再唱一首，居民们还让他再唱一首。他唱了一首又一首，每唱一首歌，他都有一段告白，每段告白都很直接，说他这首歌是献给一位同学的，希望她怎么怎么……他每次的祝福语都不一样，一次是希望她学习好，一次是希望她心情好，一次又希望她考上理想的大学，有一个好的未来，最后一次竟然希望有情人终成眷属。他的祝福引起下面人哄堂大笑，但他不管不顾，还是那么兴奋，那么激情高涨。由于他长时间不谢幕，后面同学精心准备的节目就没法表演，这样一来，他不仅引起了台下同学的不满，还引起台上同学的妒忌。唱第五首歌时，下面的同学喊道："下去吧，别献唱了，你要告白的人根本没在。"紧接着就是一帮男生噢噢噢的起哄声。

据说，表演完后，他下去找了一圈，见观众里真没我的身影，跑回教室大哭了一场。他这样一闹，搞得全校师生都认识他。后来我才知道，不仅全校师生认识他，就连初中部和附近村民都知道他了。

寂寞的高中生活并没阻止我长个。我从初来时的一米五长到了

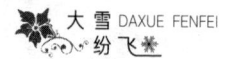

一米六五。高三毕业那年，我的身高是一米七。就像知道薛贵钢为我献唱的事一样，附近大小村庄的乡亲们，都知道柳树庄中学有一个又漂亮学习又好的川里姑娘。

这以后，他在班里很少说话、很少笑，和男生的关系处得也很糟糕。即使那样，我也没多大触动，因为我觉得自己没做错什么。高二第一学期，他没来学校，有的同学说他转学了，有的同学说他辍学了。开学后第十天，我收到了一个包裹，里面装着薛贵钢寄给我的日记。厚厚一大本，每一页里都能看到三个字母ZHT，那是我名字字母的缩写。包裹的寄件地址写的是小山凹村。那是距离柳树庄更远的一个山村，据说那里的山更高，在附近一带被称作三出三落村。据说因为山太高，太阳从山间照到村里时是一次日出，太阳转到山后时是一次日落，太阳再转过山间时又是一次日出。一天中，太阳出三次落三次。

我顺利考上了大学，并且成为了柳树庄中学第一个考入985名校的学生。大学毕业后，我被分配到北京一所中学任教。这期间，我谈恋爱、结婚、生孩子，事业也蒸蒸日上。但是，每每想起王滨，想起薛贵钢，想起我恋的人和恋我的人，我都很愧疚。写到这儿，大家别以为我和薛贵钢的缘尽了，我认为，我和他还有过一次碰面，只是他在电视里，我在家里的沙发上。我退休那年，有一天，市电视台正播一位男子唱歌前的告白，他说："我把这首歌献给我的初恋。我不奢望能进入下一轮比赛，但我希望，她能看到。"因为是一位老人给初恋献歌，台下还爆发出了一阵笑声。他唱的是《让我们荡起双桨》，他的噪音很好，我对歌唱没研究，感觉他唱的那首老歌有点跑调，但评委们却说他的那种新唱法很好，还夸他对韵律、音调很有研究。因为误了前半段，我不知道那男子的名字。但看长相,那男子很像薛贵钢。我等着听主持人说出他的名字,没想到画面直接跳到了下一个参赛者。这以后,我追踪过几次这个台的这套节目,却没再看到那个身影。

他的日记我并没有看完,他写的事都是我知道的:9月22日,ZHT没坐进座位,眼里含着泪站在过道里,我的心很疼……9月28日,ZHT趴在桌上睡了,睡着时还皱着眉头,很难过的样子……10月9日,ZHT给同学讲题了,讲得兴高采烈,同学离开后,ZHT笑了,笑得美极了……11月22日,ZHT还是一个人走路,一个人吃饭,一个人上厕所,她很孤独,我很心疼……他学习不好,他的日记也写得没有文采,流水账似的,对我触动并不是很大。但我还是有点感动,我把那本日记藏到了箱子底,上大学我都带着。真正恋爱后,我的恋爱对象常因为那本日记吃醋。我一生气把那本日记撕了。我和老公的恋爱史是我将献给女儿的另一段文字,女儿还没到那个阶段,在这儿,我就不细说了。

薛贵钢退学后,我照样埋头学习,照样上后山,照样望着山坳里的王村发呆,但那时候,我已经把上后山当成了一种习惯。那个时代的高中生跟这个时代的高中生对待恋爱的态度虽然不同,但对友谊的表现方式是相同的,那就是女同学总爱结伴而行。不管是上厕所还是打饭回宿舍,结伴而行成了高中女生表达友谊的一种途径。两人处得好,有一位上厕所,另一位不想去也要陪着;一位回宿舍取东西,另一位没事也要陪着……可是,女同学表达友谊的这种方法对我不适用。后来,虽然有几个女同学跟我还算友好,但我还是喜欢独来独往。走路时,我喜欢踢小石子,把它踢远了,走过去,再踢远,再走过去。我还喜欢手里拿一件东西划着墙走。学校的院墙是用土坯垒的,三年下来,从教室到宿舍,从宿舍到食堂的

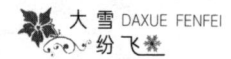

土坯墙,从低到高,被我划出好多深浅不一的道子。

好了,下面该说一下我初恋的结局了。我打算把我的初恋经历送给女儿做参考,所以那些混乱的、次第出现在回忆里的面孔就不写进去了。

从小,我的扁桃体就爱发炎,一发炎就发烧,一发烧就得打针。高三第一个学期,那是灵丘最冷的数九天吧。那晚,我嗓子很疼,怕发烧误了第二天上课,就照母亲教的方法多喝了两缸水。我用的缸子是那种大白瓷缸子,上面印着毛主席语录。那是母亲看好的东西,让我上学必须用这个。那缸子很大,凉一次水够喝半天。我用那样的大缸子喝了两缸水。睡觉前我上了趟厕所,睡着睡着,我被尿憋醒了。平时有这种情况,我忍忍还能睡着。半夜一般没人上厕所,大家都知道,半夜上厕所回来,就很难再钻进被窝。可那天,我一次又一次被憋醒,实在忍不住了。上厕所前,我怕旁边两同学翻身占了我床铺,就把枕头和被子摞高了放在中间。可是,等我回来,我的铺位还是被两旁的胖子占了,她们一个平躺在我枕头上,另一个舒服地弯着腿,压着我的被子。她们两人的身子还紧紧地贴着,我别说躺进去,想站进去也是问题。我知道,想让她们挪出铺位,就得把大通铺上的人都喊醒,因为只要有一个人翻身,一个大通铺的人都会跟着翻身。

我知道我不能喊,我喊了就会引起南北铺联合大战。有一次,一位同学上厕所回来没了地方,就站在地上大喊,结果把一宿舍人都喊醒了。这一下炸了锅,床上的、地下的、南铺的、北铺的,大家互相埋怨,地下的怨床上的,南铺的怨北铺的,北铺的怨地下的,吵了半夜架。一宿舍人一夜没睡不说,第二天还被全校通报了。

喊又不能喊，钻又钻不进被窝，我只能在地上站着。东西过道里垒着两个土炉子，值日生晚上得用煤渣封住炉子。那晚，不知值日生是偷懒还是不会封炉子，半夜，炉子灭了。宿舍里能够取暖的除了被子就是全宿舍人呼出的热气。我站在地上，冻得瑟瑟发抖。我想抽出被子披在身上，可是，她们把我的被子压得严严实实，我只好从衣柜的一堆衣服里找自己的衣服。我穿上棉衣棉裤蹲在地上，没一阵，就像掉进冰窖似的，又开始瑟瑟发抖。我从衣柜上取下胖子的棉衣套在身上，在同学们的鼾声和梦话里，我坐在地上的一堆鞋上睡着了。也不知过了多久，我被冻醒了。我的上下牙不听招呼地磕碰着，我把自己蜷成一个球，但还是控制不住全身发颤。我发烧了。我知道，再这样下去，我就会说胡话甚至昏迷不醒。在失去意识之前，我必须得找到一个更温暖的地方。我想到值勤老师的办公室。每晚，学校都会留一个看宿舍的老师，值勤老师没有固定的宿舍，就睡在办公室。穿过宿舍，再穿过教室，就是老师们的办公区。

不知过了多久，外面下了薄薄的一层雪。月光皎洁，寒风凌厉。月光打在雪上被反射出来，空寂的校园一片煞白。新浮了雪的道路走上去很滑。我一步一打滑，本就趔趄的步子越发趔趄了。我好不容易走到办公区，把几个门敲遍，没敲开一个。那天，值勤的胡老师偷着回家了。回宿舍的时候，我看到自己的影子像一棵在风中摇摆的树。我左摇右晃，半天走不了十步。我感觉自己无力走回宿舍了，想歇歇再走，便停下脚步，蹲了下来。接着，我就想躺下去。回想起来，这一生，我都没有过那么强烈地想躺下的愿望。那时候，如果我没看到那束光，真的躺下了，也许就冻死了。今天，我就根本没机会讲我的初恋了。

爱情篇

在我要躺下的时候，我看了眼与初中部相隔的西墙。这一看，我看到了生机。在西墙的一棵树后，我看到一个洞，洞那边是初中部。初中部的院子里亮着一盏灯，灯光打在地上，洞口的白雪一片微黄。我站起身子向那个洞走去。那个洞刚好容我钻过去。站在初中部的小院里，我突然大喊了一声。事后我才知道，那不是大喊，是呻吟。

待我睁开眼，发现自己正躺在一个屋里。屋里生着铁炉子，炉壁烧得通红。这是老师办公室，只有老师办公室才生铁炉子。屋里虽然暖烘烘的，却散发着一股怪味儿，是燎羊毛的味道。我身上盖着被子，额头上盖着一块毛巾。我挣扎着爬起来向四周看了看。办公室不大，里面放着一张单人床，两张面对面的办公桌，一个木质脸盆架上挂着雪白的毛巾。靠墙有个小衣柜，两扇柜门的颜色不一样，但很整洁。窗户上挂着米色细花纹窗帘，窗帘上方的玻璃结着厚厚的冰凌花。冰凌花十分漂亮，形状像在大漠旷野上纵横流淌的股股溪流。我穿着秋衣秋裤，我的湿棉裤搭在一把椅子背上，我的棉袄搭在我盖着的被子上。我的鞋靠近炉壁，立在椅腿处。鞋里衬着的羊毛鞋垫被抽了出来，挂在炉桶上绑着的铁丝上，燎羊毛的味道就是从那儿发出来的。娘怕我脚冷，专门用羊毛给我擀的鞋垫。鞋垫一直湿着，湿鞋垫一经火烤，臭味和羊毛味混在了一起，我感到很丢人，想把鞋垫取下来。

我正要起身时，听到了窗外的说话声，是班主任孙涛的声音："是我们班的？"

高中部张校长说："应该是。王老师说他认不清，好像是川里来的那个周红桃。"一听他们的对话，我赶紧钻进被窝装睡。

我刻画了无数个与王滨见面的场景。见到他，我会惊呼、大叫、哭泣、道歉、忏悔或者是扑向他，但我从没想过那样的见面场面。

我眯缝着眼向地下看。地上有三个人，两个面向床的分别是张校长和孙涛，另一个人背对着我，那背影太像王滨了。当我听到他说话时，我更确定那是王滨了。我刚想惊呼，就听王滨说："昨晚2点多了，我看完书打算睡觉，拉了院儿里的灯上了趟厕所，就见从那个小洞里钻过一个人。她钻过来，呻吟了一声就倒下去了。我把她弄进屋，发现她发着高烧。当时觉得在哪儿见过她，后来才想起来，是那个大家都谈论的女生。听说她从川里来，以高出近百分的成绩来这里上学。她就是初中部合并那年来的，跟我一年来的，她一来，我就知道了她的名字叫周红桃。这位学生爱一个人上山，爱独来独往，挺孤僻，但她学习好，我们初中部一起打球的老师都知道她。我记得她刚来时个头不高，高中三年长了不少。"

他好像是专门说给我听的，因为他的声音足够把一个熟睡的人喊醒。

我忘了那天是怎么面对他的，只记得我哭了，哭得很伤心。先是小声哭，边哭边说我上厕所后没地方睡觉的遭遇，尔后开始大哭，委屈十足的大哭。我扯着嗓子大哭的声音引得校长和孙涛一阵大笑。当孙涛让我谢谢初中部的王老师时，我还弯腰向他鞠了一躬。我把头低到了膝盖下，把多年对他的思念、愧疚都放在了那个鞠躬里；我把他背我进屋、给我喝退烧药，帮我脱鞋、脱袜子、脱棉衣的恩情都放在了那个鞠躬里。他佯装不认识我，我也佯装不认识他。我装的只是那一刻，而他，却装了将近三年。三年里，我在明处，他在暗处。三年，我从一米五长到了一米七；三年，在他悄悄地注视下，我从一个恋他的小姑娘长成了一个依旧恋他的大姑娘;三年,我划墙走路的姿势,我走路踢石子的步伐,我独自上山下山、独自打饭、独自打水、独自穿梭的身影,他可能都看到过;三年,我除了学习就是想他,想见到他,想让他见到我,想对他说对不起,想得到他的原谅;三年,我跟学校后面的大山有了感情,我在校园背诵时会不经意走上大山,我在宿舍休息时也会不经意走上大山,突然想起他、突然感到很愧疚时我也会走上大山。可是,当我走上大山瞭望他时,他却在山脚下的一个角落里悄悄地看着我。

他用不认识来保护自己,也用不认识来保护我。一刹那间,我明白了他的用意。

鞠躬后,我慢慢地走出了他的办公室。直到走出了他的办公室,我都没抬头看他的脸。我不知道他正用怎样的眼神看我,也不知道他那厚嘟嘟的嘴唇是惊讶地张着,还是安静怡然地闭着。我不敢看他的脸,我怕一看,他就碎了、化了、消失了。我一直恍惚着,就像从一团迷雾里走出来似的。

我大病了一场。

娘把我接回家时,我还一直处于恍惚状态。我的病好后,正赶上寒假。那个寒假,我连门都没出,除了学习,我就想我下学期该干什么。快开学时,我跟娘说,总复习了,我想去川里的高中。我的理由是总复习非常重要,川里的老师总复习规划做得好。娘经过一番折腾帮我转了学。也不算是转学,我只是人来到了川里,学籍依旧在山里的学校。

再开学,我整个人像被掏空了一样。我不给自己想事的机会,也不给自己处朋友的时间,我还是单枪匹马,一个人走进新学校,一个人走出新学校。好在大家都忙着学习,好在我一放学就能回家,没有谁会知道我正在经历着一次洗礼和蜕变。那段时间,我只想着学习,想着能考个好大学,快快走出那片生我养我的土地,忘掉我所经历的一切,活成另外一个自己。

我考上大学那年,我娘也到北京郊区开了裁缝铺。自此,我真的活成了另一个人,我绝不主动询问18岁以前经历过的事,拒绝打听18岁以前认识的人。整整20年,我都没回过家乡。我以为走出家乡、远离故土了,以前的一切都淹没了。可是,我没想到,我的初恋像一颗蒲公英种子,我走到哪儿,风就把它吹到哪儿,它像影子一样跟着我,时时提醒我要细心呵护感情。

年轻时期,回忆起初恋,我感觉到的是羞涩和羞愧,等我满头白发再回忆那段时光,心里却透着美好和幸福。

我以为初恋的感觉就是这样的。

上个月,我回乡探望老校长时,打听到了王滨的近况。他说王滨很晚才成家。当地看上他的姑娘不少,可打听到他背着一个见不得人的处分时,都离开了他。后来,他参加了自考,读了本科,然后又攻读了研究生。他本来能留在天津一所大学,因为那个处分,又被人挤下去了。现在他在天津一个县城上班,转了行,没再当老师。

从老家回来,我与70岁的老母亲谈起了王滨,谈起了我杜撰的日记对他的影响。在我的叹气声里,娘突然说道:"也不纯粹是你的过。那个时候,学校不让你上学,我急啊,就去求了王滨,我让他救救你,把事都揽到他自己头上。起初他犹豫,说那事还是让你出面说清楚好,说日记的事不是大问题,主要是有几个老师想趁机挑事。他说他会摆平。可是,快半个月了他也没摆平。我只好再去找他,说你半个月没上学了,再不让上学,连高中也考不上了。

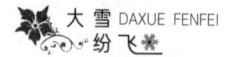

我还跟他说,他有工作了,把那事都担了也不会被开除。你呢,学习那么好却不能参加中考,上不了高中,只能回山里种地,那会影响你一辈子……"

娘还没说完,我猛地把手里的水杯砸向了墙壁。那是我对我娘脾气最差的一次,发的最大的一次脾气。后来,我向娘道歉,我娘却说我到了更年期,说更年期的女人动不动就爱发脾气。我娘已经耳背,有些话,和她说不清楚。自此,我替娘背起了另一份愧疚。

现在,从天津到北京,城际列车只需 30 多分钟,我和王滨的距离近在咫尺。如果有一天,我和王滨不期而遇,一个 50 多岁的老太太和一个近 60 岁的老头子相遇,我不知道我会为他做什么,还能为他做什么。

雪红

1

二十多年过去了,一谈起九奶,出现在青贞眼前的,不是她的脸,而是她白白嫩嫩、藕节一样修长的手。那手,像画一样,挂在青贞的记忆里,从不曾衰老。

青贞记得,九奶手腕儿上爱戴一副银镯子,捏面人儿时,她的手指头翘起来,弹跳、舞动,像仙鹤一样。而腕儿上的银镯子,磕在案板上,脆生生地响。那响,就成了青贞心目中的"媚"。长大后,青贞不描眉画眼,不戴项链、耳环,但手腕儿上却少不得要戴一副镯子。金的、银的、玉的,各种各样的手镯,成了青贞唯一的装饰品。

认识九奶那年,青贞13岁,正是青春发育期。她看男人,先看眼睛;而看女人,则是看她身上落了多少男人的眼光。走到哪儿就把男人的目光带到哪儿的女人必是妩媚的、妖艳的、迷人的，朦胧中，这样的女人就成了青贞效仿的对象。九奶就是这样的女人。九奶人俊，心也灵，剪纸、裁缝、打毛衣、捏面人儿，样样儿做得上等。剪纸和打毛衣，九奶起了头交给青贞，青贞都能学会，唯独捏面人儿，她学了好多次了，就是没有九奶那样的灵活劲儿。好在捏面人儿不常用，讲究人家婚丧嫁娶要讲排面，就请九奶帮忙捏面人儿。不讲究的，自己就在家胡乱捏，有个意思就行了。

  1990年，齐镇最热闹的去处是东街，村里人把那儿比作小香港。东街尽头是个戏台，放电影、唱大戏、开大会都在那儿，赌钱的、偷情的、弹棉花的、做被子的也在那儿。青贞记得，唐家娶媳妇是在农闲时节，那天，她陪九奶到苏媛家捏面人儿，打东街经过。戏台上聚着一伙男人，有的在打牌，有的在下棋，两个小男孩光着屁股在前面摔跤。戏台下则是一帮女人，拣菜的、缝衣服的、衲鞋垫的。台上一台戏，台下一台戏，嘻嘻哈哈、叽叽喳喳、吵吵闹闹。她们过去时，台上台下立刻一片死寂。台上的男人看着九奶，台下的女人也看着九奶。有人说："要去了。"另一个说："真要去？"听那语气好像在说，唐骐达娶苏媛，九奶不该去捏面人儿，或者，九奶不该面无表情，应该哭哭啼啼、寻死觅活。那时候，关于九奶的故事，青贞一概不知，她只知道，九爷死了，留下了年轻的九奶。因此，爹让她来跟九奶做伴儿。来时，爹说："贞贞，去跟九奶做伴，嘴要严实点，眼要拙点，要把你九奶盯紧。"爹不往明白说，但青贞知道，那就是不该说的不说，不该看的不看，看好九奶就行。

  人们都说，在齐镇，属兔的女子里，数苏媛长得最好。但在青贞看来，她远没有九奶好看。苏媛像幅画，但没血没肉，养眼不养心。她赶时髦，把一头长发烫成了大波浪，披在后背，远不如九奶的直发好看。九奶的直发或披下或扎起，或松松垮垮在脑后挽个髻，咋弄咋好看。九奶做闺女时，会唱二人台，被市剧院招去当了临时工，还来齐镇唱过戏。那时候，九奶唱的是《五哥放羊》，她身穿大甩裤，脚踏绣花鞋，腰里围着块花围裙，手抓花手帕。那手帕被她舞得像风火轮。当她唱道：

五哥（那个）放羊没有衣裳
小妹妹我有件哎小来袄袄
改来一改领（那个）口，你里边儿穿上……

全场掌声如雷。她一唱完，一伙后生就往前涌，扬着手，蹦得高高地冲戏台上喊"再来一首，再来一首"。那是九奶最光荣的一段日子。据说，九奶从齐镇返回市里没几天，剧院就解散了，她不得不回了村。那时候，谁也没想到她会嫁到齐镇，更没想到她会嫁给大她许多的九爷。

那天，九奶穿的是那件黑色小袄，袄边走的是浅黄色明线，里边是浮云一样、黑黄相间的衬衫，裤子是那条肥肥的、走起来有飘逸感的甩裤。九奶和苏媛两人个头差不多，苏媛细腰溜肩，穿牛仔裤、米色风衣，洋气是洋气，但就是少了九奶那种味儿——丰满女人的味儿。

九奶一进门，苏媛先上下打量她一下，转身在立柜的镜子前照照自己，脸上极不自然。然后，她抓着九奶的手，左摆右摆，撒娇说："九婶，您得给我捏好点，唐骐达可不是好将就的。"提到唐骐达,她故意看九奶的脸。九奶眼皮耷拉一下,淡淡一笑,没说话。苏媛眼睛翻了一下,眉头又皱了一下(青贞觉得她是故意装出一副思考样),好像要解一道难题似的,说:"听说您身子不舒服,皇帝还不用病人呢,可这不是没法儿吗?唐骐达他爹,偏偏要让捏一个龙盘兔带过去,还要捏得好看点。说啥来着?对,蛇盘兔,年年富,瞅瞅,多讲究,捏不好的话,日后富不起来,指不定还怨我呢。"说到这儿,她就嘿嘿嘿地笑。九奶还是一脸漠然。长大后的青贞想,其实,那时候要细分析九奶的表情,不难看出,九奶和那场婚礼没任何瓜葛。只因唐骐达喜欢九奶,齐村人就把他俩往一块儿捏。也正是齐村人乱点鸳鸯谱,替九奶遮掩了另一段说不清道不明的隐情。

那天,苏媛拿婚礼跟九奶显摆,那种显摆,说到底是因为心虚。九奶揉面时,她不顾九奶满手面,握住九奶的手,左一个九婶、右一个九婶的叫,还说:"要是知道请来了九婶,您那侄子还指不定乐成啥呢!"苏媛说侄子时,咬字特别清楚,生怕别人听不见似的。她一说侄子,九奶打了个冷噤。

看得出来,她这样叫令九奶不舒服。本来嘛,两人年纪差不多,只因九奶在镇里辈分大,倒成了她撒娇的对象。青贞实在忍不住了,就把一块面啪一下递给九奶,苏媛不得不放开九奶的手。青贞转过脸对苏媛说:"还九婶长九婶短的,知道的呢,觉得是客套叫法儿,不知道的,还以为你们是一个家族的呢。"

青贞本不爱说话,这样奚落几句,心就慌了,手心也出汗了,手还微微抖着。

苏媛看了眼青贞,把不满藏起来,还嘴道:"噢,这就是大叔家的闺女?叫啥来着,对,青贞,这名儿,跟尼姑似的。"她被自己的发现逗乐了,边嘿嘿笑着边说:"跟你九奶做伴儿来了?九婶,看看,论辈分,她是您孙女,看个头,倒有您高了。"

九奶还是浅浅地笑,然后冲青贞说:"贞贞,滚个面球。"

青贞在案板上边揉面球边跟苏媛说:"你才比九奶小几岁?又没亲属关系,咋还叫九婶?"

苏媛说:"她嫁给九叔(九奶丈夫)了呗,骐达他爷跟九叔爹结拜过,这不,她就成我们九婶了。"

青贞悄悄骂了句:"真寡!"她把面球揉圆了,没给九奶,却狠狠地摁成了面饼,然后又拿起来重滚。

苏媛眼睛转了转,又露出一副思索的样子,然后冲门外喊:"娘,我走了,你招呼一下九婶,骐达娘嘱咐我明天系红裤带,我得买去。"门帘那边,她娘说:"去吧,喜欢啥买点啥,骐达家又给钱了,要舍得花。"

苏媛娘端着一杯水进来了。小泥鳅一样的一小块红糖顺着杯壁慢慢往下沉。苏媛娘把杯子放在小红桌上,说:"她九婶,先喝口水再捏。"九奶笑着点点头,低了头,继续捏。九奶把蛇头捏成了三角形,又用剪子夹住颗小黑豆放在膝盖上,一使劲,叭,小黑豆被剪成了两瓣。

苏媛看了她娘一眼,揭开布门帘,狠狠一甩,说:"走了啊。"布帘前后摆了几下,帘上绣着的并蒂莲要掉了似的。门帘挂在了门框上。苏媛娘说:"这孩子,该嫁了,还这么风风火火。"说着,她把帘子撩下来,看了一眼九奶。九奶细心地做着蛇的眼睛,没听见似的。

苏媛娘一脸落寞,她看出了苏媛显摆的失败,毕竟她是过来人。如果当时九奶表现出嫉妒、羡慕或愤怒来,苏媛娘肯定会称心如意。齐镇人就这样,能让人羡慕或嫉妒的事,都值得他们夸口。而九奶不愠不火、不急不缓,偏偏是一副事不关己的样子,这就让苏媛一家有了挫败感。

如果不是因为九奶的辈分,齐镇会上演多少风流韵事,真是不得而知。想当年,唐骐骥、唐骐达以及齐镇别的浪荡公子,谁在暗中追逐九奶,谁把九奶搬进自己的春梦中,单看他们的眼神儿,青贞就能觉出个一二来。他们不能说,不便说,也不敢说,无处释怀时,就把那种私密的、欢愉的、欲罢不能的怜爱以一种流里流气的形式表现出来。唐骐骥就是其中之一。

那天,唐骐骥进来时,九奶正在捏兔。九奶看了他一眼,脸阴了一下,回身继续捏。唐骐骥穿一件咖啡色衬衫,打着一条浅咖啡色暗条纹领带,外面套着黑西服。娟子说:"唐骐骥,你结婚啊?咋打扮成这样?"青贞瞪了娟子一眼,没言语。兔子捏好,九奶用龙将它盘住,再用小剪子在蛇身上剔上花纹。那兔子乖巧得很,黑豆做的眼睛好像在滴溜溜乱转。唐骐骥过来,用手碰了下兔子耳朵,偷眼看九奶,九奶佯装不知。唐骐骥不知是故意还是无意,收手时用肘子碰了下九奶的腰,九奶闪了闪,把手里的面搓成了一个小细条。

唐骐骥又往九奶这边靠,说:"哪儿来的香味儿?"然后,狗似的皱了皱鼻子。

九奶脸拉得平平的,不愠、不火、不喜、不怨,又闪了闪身子,继续搓。

九奶把长长的面条从正反两个方向往中间卷,卷到中间,用筷子夹住,小刀一划,一朵花就捏成了。九奶用簪子一根根剔着花须，剔匀了，放在兔子头上。女人们陆陆续续进来看九奶捏面人儿，九奶捏得那么好，竟没人夸奖。奇怪的是，女人们看了一眼，都出了院儿，好像一个满脸疤痕的女人站在镜子前，唯有躲，才能逃避丑陋。龙盘兔捏好，往外面端时，九奶又看了一眼，把蛇尾巴再往上撩撩，挨住了兔子的后背。

院儿里很热闹，有择菜的，有和面的，还有劈柴的。帮不上唐镇长家忙的人都来他亲家家了。靠东墙边临时搭起个灶，半锅水哗哗地开着，不时有人从外面进来，提着壶来灌水。有人打诨："这两人还没入洞房呢，两亲家倒过到一块了。瞅瞅，这边烧了水，那边来灌了。明天，小两口要睡到一个被窝，两亲家还不知要咋呢。"然后，女人们哄笑。

屋里很冷清。

唐骐骥正在组合柜边盯着上边立着的相框看。他好像认出了小时候的苏媛，自言自语："这苏媛，小时候倒不是多好看。"青贞和九奶本是少言的人，他说话，她们没接茬儿。墙上的钟当当响了起来，十点了。九奶看了眼青贞，说："我先走了。"然后，她看也没看唐骐骥，急急地往外走。唐骐骥转身靠在门框上，壮实的身子堵了半个门。九奶犹豫一下，贴着门框挤了出去。唐骐骥一脸兴奋。

2

青贞清楚地记得，九奶家的后院儿里有两棵杨树、一棵杏树。三月时节，杏花刚刚开，风吹来，一股股清香飘进屋。光秃秃的杨树枝上也结出了一个个毛茸茸的骨朵，几只小鸟从这个枝头欢快地飞到那个枝头,不时有几片干树叶掉下来。春天,总是让人倦怠。那天,九奶从苏媛家回来,躺在炕上就睡着了。九奶爱凉,窗户时常开着一个缝儿。青贞悄悄爬上炕,从被垛上取下粉色毛巾被,轻轻搭在九奶身上。九奶的头挪了挪,青贞看到,枕上湿了一片。九奶伤心,青贞心里难免也酸。当时,青贞认为九奶的眼泪是为那场婚礼流的。

之前,青贞没见过唐骐达,她猜想,他一定是个风流倜傥的人。

青贞睡得很轻,有一点动静就能醒来。可是,那天半夜,九奶出院儿,青贞却没觉察到。她正在做梦,那个梦,二十年后她仍然记得。她梦见好大一片林子,一排一排的树上结着大大的果子,有苹果、梨,还有桃子和杏儿,她喊:"九奶,帮我摘个果子。"她明明看见九奶在树下站着,一回身,却见九奶吊在了树上。待醒明白,她伸手摸身旁,又一惊,九奶不在。青贞赶紧爬起来,揭起窗帘一角往外看。院儿里很暗,一弯细月正好挂在杏树上,树下站着九奶。九奶像在等人,她背对着家门,面向前院儿。前院儿住着三大爷一家。青贞来时,九奶就走前门,后门是锁了的。九奶说过,九爷在时,他们走后门,三爷爷一家走前门。九奶的话让青贞很犯嘀咕,按理说,三爷爷和九爷该住前院儿,义叔该住后院儿,毕竟他算晚辈。可是,他们家族的事儿,总是搞不明白。比如,爷爷是家里的老大,按理说,不该领着一家老小去山西谋生,把共同的家业留给三爷爷。当然,留给三爷爷的还有九爷。青贞听爹说,太奶奶生下九爷没几天,三奶奶就生下了义叔。这一点,青贞觉得很不合逻辑,还有婆婆和儿媳一块儿生孩子的?但真就有,就在他们李家。太奶奶刚生下九爷就死了,不出一个月,太爷爷也死了。九爷和义叔是吃三奶奶的奶一起长大的。三奶奶一边奶一个。义叔霸道，吃着这个，手就要摸着那个，把九爷急得哇哇大哭。一说这，三爷爷就摸着胡子笑，边笑边说："那时候，叔侄两人打起来像仇人，好起来像兄弟。"九爷去世后，三爷爷把后门锁了，让九奶走前门。有几次，后门咣咣咣响，青贞醒来，见九奶披着褂子坐在窗前，揭起窗帘一角悄悄往外看。青贞喊："九奶？"九奶说："风刮门环，这一通响！"九奶说完便躺下了。青贞虽有疑问，想起爹交代的话，终没问出口。第二天，她绕到后门，看到门上的绿漆被生生磕下两块，新旧痕迹，很是明显。

唉，25岁的九奶背后的故事也许就在后门。这人肯定会从后门跳进来跟九奶约会。那时候，青贞断定来的人是唐骐达。她正胡乱想着，却见一个人从前门急急地走来，走到九奶身边，递给九奶件东西又猛地把九奶裹进了怀里。然后，他把九奶推到了树上，两颗头靠在一起，树动，树的影子也跟着哗哗哗地抖。树影儿落在两人身上，斑斑驳驳，左右晃动。那人比九奶高不了多少，因为他的头在九奶胸前滚时，只是斜跨了一步，并没弯腰。九奶扳起那人的头，往这边望了一眼。青贞赶快把窗帘放下。过一阵儿，她听见外屋门响，撩起窗帘看，来人已经不在。青贞急忙躺下。九奶像猫一样进了屋，喘息声像一阵浪涛，越来越近。九奶在炕上翻腾了半夜，时不时叹息，叹息过后，就是轻轻地啜泣。结婚前一夜两人还见面，青贞以为，唐骐达的婚礼要泡汤了。

第二天，婚礼照常进行。天不亮，鞭炮声就响起来了，像过年似的。青贞起来时，九奶还睡着。九奶枕着自己一只手，另一只手抱着枕头，样子很乖。九奶脑门上有层细密的汗，脸颊红润，耳际的头发湿湿的，眼角有一道干透了的泪痕。一绺长发柔顺地从枕头上披下来，直达炕沿。青贞想：这样的女子要不是嫁给了短命的九爷，必会有一个男人，把她当宝似的疼爱。

每天早晨，义叔都会把前后院儿扫一遍。按理说，义叔该叫九奶婶。可是，比九奶大八岁的义叔见了九奶，只轻轻地喊"哎"。"哎，柴抱你屋里了，晚上睡前烧烧炕。""哎，那个莜面磨了，给你分两袋，倒面缸里了。"义叔这样称呼，那个时候，青贞并没多想。

义叔见到青贞，头一点，问："没起？"青贞知道他在问九奶，就说："正睡得香呢。"这样说时，九奶睡觉的姿势就在她眼前晃了一下。看到义叔，青贞本想说说昨晚儿的事，话到嘴边，又咽了回去。她冲义叔点点头，说："让九奶睡吧，难得她睡得这么沉。"

唐家门口，迎亲的三驾马车已经套好。三匹白马打头，是白头到老的意思。马头上各戴一个铃铛，铃铛下系着大红绸布，马笼头上也缠着大红绸子。唐骐达的爹是镇长，他家有一辆绿色小轿车，青贞不明白他为啥不用轿车迎娶，却要用三套马车。三套马车后面跟着八辆摩托车，摩托车上各放着一挂鞭炮。三套马车上搭着一个棚子，大红颜色，六角各吊着一朵大红绸花。三匹马，一匹弹蹄，另两匹也跟着弹，那铃铛就叮了当啷地响。青贞想，这辆马车载着苏媛沿着镇子转一圈儿，一路鞭炮，一路铃声，也是别有情趣。其实，两家离那么近，烧水还是这家烧了那家灌，如此张扬，真是多余。做给谁看呢？九奶？这样气一位丧夫的年轻寡妇，何苦呢？这样想着，青贞倒恨起了唐家，恨起了唐骐达。

唐骐达出来时，手里拿着长鞭。那长鞭比人还高，鞭梢上也系着大红绸缎。唐骐达穿着银灰西服，黑马夹，白衬衣，打着一条红白相间的条纹领带。西服左上兜别着一朵红花,红花下的绸子上写着"新郎"两字。他脸色平平,看不出喜气,但很精神。看样子,唐骐达比唐骐骥稳重,唐骐骥有些流里流气。人群里有人喊:"骐达,打个响鞭。"他把鞭举起来,在空中一绕,只见红绸缎飞舞,却并没发出响声。这时,过来一个人,他接过长鞭,在空中一举、一绕,啪一声,比炮还响,三匹马同时奋蹄。这车把式倒是老练,细一瞅,竟是三爷爷。三爷爷穿着灰上衣、黑裤子、圆口黑呢子千层底儿鞋,鞋边很白,胡子也刮得干净,比平时倒显出几分年轻来。唐骐骥出来跟唐骐达站在了一块儿,青贞一惊,唐骐达真比唐骐骥矮不少。青贞由此断定,晚上那人就是唐骐达。

三爷爷看到了青贞,走过来,在她耳边轻喝:"大清早瞎跑啥?瞅那急样,好像家里着了火似的。"

青贞回来,见扫起的浮土和干柴棍儿在杏树下堆着,扫帚在一旁扔着,而义叔并不在后院儿。窗帘依旧挂着,窗帘上的蓝色水波纹在早晨的阳光下,水一样荡着。青贞进堂屋时与义叔撞了个满怀,义叔手里提着炭筐,好像刚把炭倒进灶坑。九奶已经醒来,她正睁着眼愣愣地盯着房顶发呆。九奶头发凌乱,脸颊上有一抹红晕,花朵一样盛开着。她平躺着,两只胳膊放在被子外,手交叉在胸前。九奶睡觉爱穿睡衣(可能是在剧院养成的习惯),这在齐镇也是独一无二。九奶粉红睡衣上窄窄的吊带已经从左胳膊上褪下,另一侧斜斜地挂在脖颈处。见青贞站在跟前,九奶抬起手在她脸上轻轻拍拍,又抓起她脸上的肉轻轻掐掐。待九奶坐起身来,青贞看到九奶的后背湿漉漉一片。九奶怎么出这么多汗?那时候青贞虽然感到奇怪,但根本没细想,即使想,依她的年龄也根本想不透。现在想来,那天早晨九奶必定有过一段身心合一的缠绵。

爱情篇

那夜过后,九奶家便多了一个方方正正的收音机。那段时间,九奶的心情特别好,常悄悄哼唱《五哥放羊》。

3

青贞记得,唐骐达结婚十天后,二姑奶和八姑奶来了。

四月的一个下午,二姑奶和八姑奶结伴到了三爷爷家。青贞曾听爹说过她们。爹说,爷爷弟兄姐妹共九个,太奶奶拉扯活了五个,三男两女。新中国成立后,爷爷领着一家老小去了灵丘。后来,二姑奶和八姑奶一个嫁到了忻州,一个嫁到了大同,离得虽远,但同在山西省。

那天,二姑奶提着一个红色的大包袱,包袱上面有一个大大的镀金喜字,像新娘的盖头。八姑奶却拉着一个皮箱。二姑奶穿着黑大襟夹袄,黑裤子,打着绑腿,小脚上穿着一双圆口黑灯芯绒布鞋。这一年,二姑奶70岁,看样子很精神,但走起路来却颤颤巍巍,要倒的样子。八姑奶只有42岁,穿着黑色的运动裤,中跟儿红皮鞋,上衣是一件宽松的黑线衣,胸口有一朵紫色牡丹花。这俩人走在一起不像姐妹,倒像母女。那天,九奶穿的是黑底儿,红、绿、白三色小花的布衣,下面配着那条黑甩裤,脖子上搭着一条墨绿色纱巾,脚上穿着低跟儿一脚蹬。她们仨人虽然平辈,但三个人脸上的神色各不同。二姑奶有着老婆婆的痴呆样儿,八姑奶眼神贼亮,看九奶一眼,眼里的亮斑就一闪,那眼神儿像黑夜里的手电光,像在寻什么似的。九奶呢,一副以小充老的样子,像冒充老师的小学生,有一种小大人的可爱。

二姑奶抓着九奶的手,像抓着自己孙女的手似的,摸一把,又摸一把。她摸一下，九奶的腰板儿就挺一下，青贞的身子也跟着一颤。

二姑奶说："九子媳妇？"

九奶点点头，有点拘谨。

二姑奶说："九子今年该33岁了吧？"她的前门牙都掉了，问了这句话，就把嘴抿了起来。那嘴，像散了支架的窖口，塌了进去。

九奶说："是的。"

八姑奶问："你25？"

九奶慌慌地点点头，像有罪的样子。

八姑奶望三爷爷一眼，嘴一撇，说："小媳妇！咱爹娘，老了老了，又得了九子，老来得子，能壮实？啧啧，九子也是，那样的身子板，唉——"

九奶眼神零乱了，她左右扫视一下，然后盯着八姑奶看，八姑奶把嘴角的笑意收起来，严厉地回看着她，两个人在暗中较劲儿。青贞看得出来，但猜不出原因。

二姑奶终于哭了，她边哭边说："苦命的孩子，年纪轻轻就守了寡。"说罢，她举起袖头擦眼。二姑奶眼睛里有股浑浊，手拿下来，浑浊还在。

八姑奶厉声断喝："二姐！两年多了，还哭？"

二姑奶说："我是想，咱九子有这么水灵的媳妇，孩子也没生一个，就……"

九奶轻轻喊了一声："二姐！"

论两人的年纪，九奶该喊她奶。九奶喊得犹豫，青贞听着也别扭。

爱情篇

八姑奶转身对着三爷爷说:"都怨你,非得大老远从山里……"话咽回去,八姑奶又转回来,抓起九奶的手,说:"九弟妹,看不出来,还是好肤色啊。"八姑奶拇指上戴着一枚银戒指,说罢,松开九奶的手,用另一只手来回推着戒指。

二姑奶还沉在自己的悲痛里,见大家都说她,就说:"也是,都两年多了,再咋,也不能老伤心啊。你姐夫刚走那会儿,我的脸子也吊了两年,这不,也熬过来了。"二姑奶说着,还摸了摸自己的脸。她脸上的皱纹纵横交错,没牙的嘴瘪进去,人越发显得老了。

八姑奶的眼光不时停在九奶脸上,如钉子一样。她看一眼,九奶的双肩就微微抖一下。青贞过去挎起九奶的胳膊,轻轻胳肢她,想让九奶放松下来。她时常这样胳肢九奶,然后,她们就扭打在了一起。那时候,九奶很像个孩子。

八姑奶把青贞一把拉过去,厉声呵斥:"没大没小,那是你奶,知道不?你爹多大?54了吧,见了你九奶还不是得叫九婶。咱李家真是乱了套,失了体统。看看李义,三十好几的人了,也没个分寸。三哥,不是我说,有些人,想让她懂事儿,就得给她定规矩。"然后,她转头狠狠剜了九奶一眼。

三爷爷正蹲在台阶上装旱烟,手一哆嗦,烟丝洒了一地。他窘迫地说:"老八,说啥呢?说啥呢!"

八姑奶呸一口吐在地上,冲着三爷爷狠狠地说:"我就看不惯你那窝囊劲儿,一遇事儿就知道背后嘀咕,说得人耳朵都生茧了,自个儿却拿不起放不下,哪儿还有个家长样儿?"

二姑奶不解地看一眼八姑奶说:"老八,多少年不回来了,回来一趟你就找碴儿,老三咋了?要不是他,谁把九子拉扯大,给九子娶这么好的媳妇?若不是他,九子临死也尝不到个女人味儿。"

三爷爷的嘴唇哆嗦了一下,一股烟从嘴和鼻子里同时喷出,像一声长叹,久久不肯散去。

八姑奶正一下一下摸青贞的头,二姑奶一说,她一把把青贞推出去,断声喝道:"你知道个啥?成天就知道吃斋念佛,李家都伤风败俗了,还阿弥陀佛!"说到这儿,她话锋突然一转,冲着进院儿的义叔大声说,"这事儿,我得管,李义,跟我进屋。"

义叔进屋前,环视了一下院儿里的人,眼光在九奶身上停了一下,而三爷爷却面露惊恐。傍晚,被八姑奶叫去谈话的义叔出来时,脸比天色还暗。

义婶和义叔这一对,真是稀奇。青贞不知道,他们俩咋能结合到一起,又是咋结合到一起的。按理说,义婶30岁,又生过孩子,该是娇媚、性感,像九奶似的。而她偏偏干巴巴的,脸上没肉倒也罢了,身上也没肉,胸部瘪得像个男人,瘦得就剩一副骨架。脸上呢,时常挂着一股哀怨,嘴角向下耷拉,不笑还好,一笑就露出了苦相。她皮肤干不说,还起皮,皱巴巴的,却每天打粉底。那脸,就像旱透的盐碱地,仿佛一伸手就能撕下一片白皮。她瘦,可她偏偏是罗圈腿,又不会穿衣服,外面时兴啥她穿啥,人家穿紧身裤,她也穿,人家穿牛仔裤,她也穿,不懂得遮盖缺点。她喜欢描眉画眼儿,眉毛画成弯的,眼睛画成了熊猫眼,口红又是大红色。这些倒也罢了,她还有一个大毛病,爱流鼻涕。

那天,义婶一个人做饭。她手脚慢,干活也不利索,剁着肉馅,不时嗤嗤地吸鼻涕。八姑奶看她一眼,说:"让她九奶剁,九子媳妇呢?青贞,喊去,躲到后院儿干啥去了?充起大来了?"然后,她又狠狠瞪一眼义婶说:"不是一家人,不进一家门,看看李义媳妇儿，憨不说，还慢，连个利索劲儿也没有。年纪轻轻的，也不学着打扮打扮，瞅那打扮的，更邋遢，更愣了。"

义婶脸红到了耳根。她不再吸鼻涕，抬起袖子，使劲儿推一下鼻头，想把鼻涕推进去似的。义婶说："八姑，瞅您说的，我要是鬼精，能一分钱不拿就进了这家门？"然后，她悄悄嘀咕，"你们李家，娶媳妇不花钱，得了便宜还卖乖。"义婶眼里蒙着一层雾，那雾，遮盖了眼底深处的东西。

青贞到了九奶屋，九奶正坐在缝纫机前，把缝纫机踩得飞快。缝纫机上摊着一件豆绿色的衣服。几天前，九奶说要给青贞做件风衣，布料买回来，一直没来得及量身子。

青贞进来，九奶头也没回，抬起手，把散在眼前的一绺头发撩到耳后，说："贞贞，这布你穿老气，九奶明儿再给你买一块，这件就给你八姑奶吧。"

青贞有点不高兴，但布已经裁了，也没法儿。她说："九奶，我八姑奶对你有成见呢。"

九奶说："知道。"

青贞说："那你还……"

九奶没说话，她从缝纫机上拔下针，低下头挑挑线头，又猛地踩了起来。

青贞说："八姑奶不稀罕窝囊人，刚才她还骂义婶来着，说义婶窝囊，不会穿衣打扮，都快把义婶骂哭了。"

九奶没说话，把机器踩得疯转，肩膀上下抖动。

青贞说："八姑奶让你做饭去。"

九奶不说话。

青贞说："我觉得八姑奶事儿真多，义婶也闲着，非得你去？

再说,义婶再大,也得叫你婶,侍候一下又咋了?"

九奶还是不说话。

青贞把九奶拉起来,说:"走、走、走吧,回头又说我没喊你。"

九奶转过脸,青贞才看到她泪流满面。缝纫机上摊着的布上面布满了大大小小的湿斑。

什么事儿让九奶这么伤心?唐家的婚礼还是八姑奶的冷待?那时候的青贞只能想到这几层。她根本想不到,九奶正因为那层不明不白的爱,忍受着百般煎熬。

4

青贞记得,九奶也有后门的钥匙,那钥匙用红线拴着,挂在外屋墙上的钉子上。那天,义叔给九奶运煤,因为小平车进了前院却进不了连接前后院的巷道,就想从后门运。后门很久没开了,青贞开了锁,却死活拉不开门。九奶出来用铲子把门轴里的土挖了,门才吱吱扭扭地打开。开了门,义叔却痴呆呆地站在门外,两眼盯着门,上下审视着。半天,他又把自己关在门外,拿起门环,来回地敲,然后,开门看九奶,目光很特别。九奶拉着脸,不言声,那神态,完全是九婶的派头。青贞看看两人,心咚咚咚跳着。这事儿,要是让八姑奶知道,指不定咋给九奶难堪呢。三人愣神儿的时候,恰巧八姑奶到了后院儿,她凶巴巴地喊:"李义,啥事儿?"义叔慌忙推起小平车,边进门边说:"没事儿,没事儿。"进了门,他把车停下,急急关了门。八姑奶黑着脸说:"送个煤就这么难?多久了?你媳妇还等着你给干活儿呢。"然后,她狠狠地瞪了九奶一眼。自从九奶给她做了风衣，八姑奶的态度有了好转，有一次，竟跟九奶说她在煤矿成立老年合唱团的事儿，说团里就数她年轻漂亮，她是指挥。一说这，八姑奶脸上就有了一种妩媚，眼睛里也有了光泽。看样子，她巴不得回到大同，回到老年合唱团去。八姑奶的脸色忽然阴转晴，让青贞很受不了。九奶和义叔不言声儿。青贞说："八姑奶，门轴被土埋了，打不开。"没想到，八姑奶转脸就呵斥她："都大姑娘了，话咋那么多？这家人，都没大没小！"八姑奶真是到了更年期，喜怒无常。她盯着九奶，竟说出一句莫名其妙的话："这门锁，关不住外人，也关不住家人。"青贞听了很不舒服，就说："八姑奶，自家门咋能关了自家人？"这话，青贞觉得说得很有道理，没想到一下又惹恼了八姑奶。她说："李义，回头跟你大哥说，趁早把这孩子领回去，学不会也得看会。"青贞又要说话，九奶掐她一下，拉着她往家走，身后，是八姑奶嘀嘀咕咕的骂声。

义叔的脸一直沉着，平时，他给九奶干活儿，总是东一句西一句地找话聊："唉，这炕太凉，小心睡出病啊。"九奶呢，就轻轻地说："知道了。"义叔说："知道了却不烧炕，这要有个三长两短……"话没说完，就看一眼九奶。九奶脸绯红。要是九奶不说话，义叔就会跟青贞说："贞贞，她懒得烧炕，你咋也不动？回头有个好歹，谁能管你？"可是那天，义叔卸煤时，一句话也没有，脸比煤还黑。九奶也没说话，她进了屋，上了炕，脸朝墙躺下。

煤卸下后，义叔进了屋，对炕上睡觉的九奶说："唉，记得烧炕。"九奶好像睡着了，没答应。九奶没脱鞋，头朝里躺着。义叔摇了摇九奶的脚。九奶穿着自己做的黑呢子圆口鞋，鞋面上绣着一对娇艳的花。那鞋像包在脚上似的，圆圆滚滚，小巧玲珑，像一对绣花荷包耷拉在炕沿边。义叔握了握九奶的脚尖,说:"鞋也不脱。"看九奶不动,他就转身跟青贞说:"帮她把鞋脱了,再盖上点儿,小心着凉。"然后,他又面向九奶,喃喃地说:"苍蝇不叮无缝儿的蛋,还有的怪?"说罢,他黑着脸出了院儿,对着杏树狠狠地踹了两脚,又伸出手拍了几巴掌。刚刚开放的杏花颤颤地动。义叔出了门,九奶翻个身,长叹了一声。

　　那天夜晚,门环又响了起来,噔噔噔,噔噔噔,很有节奏。青贞睁开眼,见九奶靠近窗户坐着,过一阵儿,躺下,过一阵儿,又起来,撩起窗帘,看半天又躺下。青贞不言语,只悄悄地看。九奶身后有一段怎样的故事?青贞不知道,也不便打听,但她好奇。她猜想,这敲门声是冲着九奶来的,这人一定是唐骐达。青贞分析,九奶的故事说复杂也复杂,说简单也简单,一定是唐骐达喜欢九奶,而他爹要他娶属兔的,因为唐骐达属蛇,蛇盘兔,是上等婚姻。唐家要的是兴旺发达。再说,九奶是死了男人的,唐家那样的家庭是不会允许这样的女人进门的。这样一来,就有了这段理不清的情愫。但是,九奶咋又不理他呢?咋的也该交代一声儿。九奶说过,她从剧院回了村,跟着爹和大哥过日子。为了给大哥娶媳妇,她爹像卖她似的,谁家给的彩礼多就答应跟谁相亲。后来青贞才知道,当初九奶嫁九爷,还是看上了李家的条件,说到底,九奶是个喜欢过小资生活的女人。

　　敲门声又响起来了,轻,但急促。后门对着一条通往县城的大马路,马路那边是庄稼地。出了后门左拐有一条小道儿,小道直通镇里的大街。前门晚上不锁,唐骐达为什么不走前门却要绕到后门,还这么费劲儿地敲?结婚的前一晚,他却是从前门进来的。那时候,青贞根本没想到那晚从前门进来的与敲门的是两个人。

青贞实在忍不住了，就喊："九奶，看看去吧。"她这一说，正在窗口坐着的九奶打了个激灵。

"看什么？"

"人。"

"什么人？"

"唐骐达。"

"青贞？"

"九奶！"

屋里死一般沉寂。没月亮的夜晚，屋里很黑。细听，窗外的风呼一声刮过，过一阵儿，又呼一声刮回来，像飞机从远方飞来又飞到了远方。快过清明了，白天，三爷爷说趁大家都回来了，今年要一起到祖坟上扫墓。清明节前后的夜里有股阴气。青贞爬起来，用被子抱住九奶，九奶哆嗦得非常厉害。青贞又靠近一点，用被子把两个人死死裹住。她用热身子贴紧九奶，像贴在一块冰上。敲门声又响起，响一声，九奶哆嗦一下。那碗大的门环好像不是砸在门上，倒像砸在九奶身上似的。青贞把头靠在九奶肩上，两手紧紧抓住被角，嘤嘤地哭了。

九奶声音颤抖着，轻喊："青贞？"

"九奶，我怕。"

"不怕，过一阵儿就没事了。不信你听着。"

"是唐骐达？"

"不知道，也可能是唐骐骥或别的流氓。"

"咋可能？"

"咋不可能？"

"你见过？"

"没有。猜的。"

"那天在杏树下,你……"

"青贞!"

"九奶?"

"噢,对,九奶见过。在杏树下。"

"九奶,我不说,我跟谁也不说。"

"嗯,九奶知道。"

"那你咋不嫁给他?他爹不同意?"

"好多人都不同意。九奶也不同意。"

"九奶?"

九奶没说话,只是紧紧地搂了青贞一下。

"九奶,好多人是谁?"

"这些你不必知道,你就替九奶记着,他们只想欺负九奶,只想占九奶便宜,没一个真心的。"

"唐骐达也是?那你还跟他?"

"贞贞,别问了,出去也别跟人说,就当九奶求你,九奶这样的人,难做呢!还苍蝇不叮无缝儿的蛋,我给谁留缝儿了?不说理!"后面这句话,九奶是带着哭腔说的。

风小了,敲门声也小了。过了一阵儿,敲门声停了,风又刮了起来,呼一声,从屋后刮到后院儿,又从后院儿刮到前院儿。听着一股一股的风声,青贞偎在九奶怀里睡着了。

第二天,青贞醒来,见九奶静静地坐在窗前,院儿里传来刷刷的扫帚声。九奶盯着窗帘痴痴地发呆。青贞把窗帘摘下。义叔看了一眼,停了停,又扫。九奶白皙的脸上蒙着一层土灰,她的头发在脑后松松垮垮挽了个髻,眼睛外套着一个大大的黑眼圈儿。九奶憔

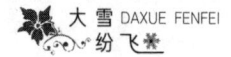

悴得令人心疼。青贞看九奶，九奶却不看青贞，即使看一眼，眼神也像胆小的老鼠，迅速躲开了。

青贞知道，九奶为晚上的事儿不自在。她正要跟九奶说话，就听八姑奶咋咋呼呼地喊："呀，这就是唐家大儿媳妇？这么俏，咋来这么早？"紧接着就传来了开门声、说话声。青贞刚出院儿就见苏媛急急地进来了。苏媛烫过的头发像一堆干草。更奇怪的是，她下身穿着牛仔裤，上身却穿件小背心，外面套着件风衣。那打扮，不伦不类。她的身后跟着八姑奶和义婶。八姑奶边走边系裤子，显然是刚从厕所出来。苏媛说："刚好路过，看看九婶起来没，来串个门儿。"她进了后院儿却不进屋，看了眼扫院的义叔，蹬蹬蹬走到后门儿，低头看地面。昨夜风大，庄稼地里的浮土被刮起来，刮进了后门儿。门缝儿处堆着一堆细流沙，水纹似的一波一波铺着。苏媛弯腰看门缝儿，脸上露着喜色，走了回来。她身后，两行脚印印在浮土上。义叔过去，拿起扫帚，头也不抬，发狠似的刷刷刷地扫。八姑奶喊："你个瞎子，不见一大帮人？非得这会儿扫？"八姑奶推着苏媛说："快进屋，快进屋。"她的脸上堆着难得的、讨好的笑，而义婶还是一副木然的表情。

大家进屋，九奶正洗脸，也没招呼。

苏媛眼睛转了转，走过来，亲热地拍拍九奶，说："呀，九婶，打扮呢？"

九奶没说话，背对着她擦了脸，又从刷牙缸里拿出眉毛夹，站在红柜子上的小圆镜前，一根根拔眉毛。

苏媛看了看身后的八姑奶，说："看我九婶，比我还爱美。"九奶还是没转过头来，青贞知道，九奶是怕别人看见她的脸色和黑眼圈儿。青贞忙打岔说："九奶爱整洁，咋是爱美？"

八姑奶狠狠地瞪九奶一眼，说："真丢人，还打扮？"说罢，头一扭，走了出去。临出门，丢下两个字：戏子。

九奶一愣，扭头看了一下，脸煞白。苏媛像打了胜仗似的，一脸得意。义婶忙着招呼："坐，坐，苏媛，坐吧。"她边说边用手在炕布上抹。

苏媛说："不坐了，坐啥？昨晚，我们那个，唉，别提了，丢大人了。他在外面喝了酒，回不了家了，这么小个镇，还迷了路，半夜才回去，还那个折腾。"说罢，就嘿嘿嘿地笑，好像他男人折腾出什么新花样了。

义婶愣愣地看着，没反应过来似的。青贞看了眼苏媛，只见苏媛左脖子上有很大一团红印，刮过痧似的，而边上是一排很深的牙痕。

九奶对着镜子，说："青贞，给苏媛倒点水。"

苏媛又嘿嘿笑了，说："怪不得我娘说你稳，说你精呢，真是的，三个我加起来也没你一个能干。瞅瞅这家，多干净，我那家，虽说都是高档家具，但组合柜、高低柜上堆得乱糟糟的，咋也收拾不利索。"

九奶说："青贞，给苏媛沏茶。"

青贞说："没茶叶了，前院儿有，上前院儿喝去。"然后，咚一声地把一杯白开水放在了桌子上。

下午，义叔买了油漆，拿着把刷子把后门重新刷了一遍。扑鼻的油漆味儿飘进屋，青贞急得关门闭窗，而九奶冷着脸一句话没说。

这以后的一段时间里，义叔见了九奶就拉着脸，爱理不理的。九奶呢，先是眼巴巴地看义叔，见义叔不理，就狠狠地抿抿嘴，含着泪扭身走了。

5

义叔总爱穿那件黑夹克，里边穿件白衬衣，黑夹克不系扣子，飘飘洒洒的。义叔个头不高却长得结实，胸脯上有两块肉疙瘩，走起路来，步子迈得很大，像一尊移动的、结结实实的小塔。背地里，青贞说他有点匪气，不像老师，老师应该是戴眼镜的，瘦瘦的，白白的，很斯文的样子。可九奶却说，他是教画画的，教画画的老师就该这样，有点艺术家的派头。

义叔画的画真是好，每年过年，他家从不买窗花，都是义叔画，九奶剪。他画得好，九奶剪得也好。没教书前，义叔画了梁山好汉108将，那些好汉的装束、神情、动作、兵器各异，而九奶却一剪子一剪子地，把他们个个都剪得活灵活现。剪好后，九奶就一张一张夹在书里，宝贝一样收藏着。后来，镇中学招聘美术老师，义叔就成了老师。为此，三爷爷请了三天客。据说，这是九爷死后半年，唐骐达订婚一个月后的事儿。九奶说这些时，总要强调这个时间，好像这之间有什么必然联系似的。总的来说，义叔当了老师，李家的门槛就抬高了，三爷爷和唐镇长似乎能站在一个台阶上说话了。他常说："人家管全乡的人哩，人家见了乡干部和村干部，眼皮都不抬，见了咱，老远就笑了。人家还把李义弄去教书，咱给人家办了点啥事儿？啥也没办嘛。"虽然三爷爷六十多岁了，虽然他生性语拙，但说起小他十几岁的唐镇长却如同喝多了酒，很是激动。

以前，义叔一有工夫就到后院转一圈，看看柴房，再看看炭房。进屋后,他将手伸到被垛下,摸摸炕,有时还在青贞脸上狠狠地摸一把,说:"这小样儿长得,多乖。"完了,还要揪住她的下巴左右晃晃。这时,九奶就低了头,浅浅地笑。

那天,义叔到了后院儿在后门转悠了半天,脸上挂着笑,讪讪地进了屋。见他进来,正做针线的九奶,受到惊吓似的,忽然抖了一下,然后低下了眼帘。义叔孩子气地盯着九奶问:"唉,要不要我再画三国人物?我保证画成全中国最好的。"然后,他头冲着九奶,下巴一扬一扬的,挑战似的点点。九奶没抬头,扭扭身子,面向了窗口。义叔就问青贞:"贞贞,你九奶咋了?"青贞忽闪着眼睛,半天回答不上来。九奶接过话,说:"能咋的?我们俩,白白让人欺负,不替我说话倒算了,还说苍蝇不叮无缝儿的蛋……"义叔用手拍着自己的嘴,说:"这张嘴,这张嘴。"好像那张嘴犯了啥错似的。

九奶把身子转过来,说:"行了,行了,一帮男人争来争去,打打杀杀的,懒得理他们。"说这些时,九奶的眼睛并没盯着义叔,她那又黑又长的眼睫毛颤颤地抖着,想看又不敢看,好像眼睛里藏着只怪兽,一睁开就会把怪兽放出来。义叔说:"那就画《红楼梦》,画黛玉、宝玉他们。"九奶低了头,不说话。义叔脸更红了,讪讪地看看九奶,转头跟青贞说:"那就谁也不画,谁也不剪,咱不找那累受。"青贞拉着义叔的胳膊,说:"画林黛玉、薛宝钗,让九奶剪,我收着。"说着,还拿起炕上放着的毛衣编织书,说:"我都夹到这儿,保证坏不了,等有剪纸展览,我就贡献出去。"义叔又看九奶的脸色,九奶也不抬头,喊青贞:"贞贞,收啥不行,收那些男男女女,你三爷爷知道了,不得告你爹?"青贞不解,说:"告又咋了?我爹说,灵丘县城还搞过展览呢,一长卷的剪纸人物，放电影似的贴在墙上。爹还叫我跟你好好学呢。"

义叔说："贞贞要缠着叔画，叔就给你画，叔画好就不管了。到时，你就缠着她剪。"说着，又偷偷看九奶。

义叔画人物时，总要坐在后院儿杏树下，膝盖上放个本，边看边琢磨。义叔画好给了九奶，九奶就用线缝在红纸上，左端详右端详，一剪子下去，整个人都投入了，有股天不顾地不顾的狠劲儿。她边剪还边哼唱二人台，穿绣花鞋的脚也不自主地来回摆。

那天，义叔画好两个人，一个是妙玉——打坐的美人，另一个是元春——戴着一头的珠光宝玉。他刚走进后院儿就被八姑奶喊住了，八姑奶黑着脸问："干啥去？"他说："给贞贞送这个。"他扬扬手里的画。刚好，青贞买了一沓红纸回来，一把接过义叔手里的画，说："哈哈，我喜欢。让九奶剪去。"没想到，八姑奶一把夺过画，噌噌两下撕了，说："我告诉你爹，让你来做伴儿，你倒好，做起了这个。不学好儿，看你咋找婆家。"

八姑奶真不可理喻。这跟她找婆家有啥关系？八姑奶到三爷爷家做客，竟成了他家的活阎王，成天不是管事儿就是骂人，一副当家做主的派头。三爷爷一家人都听她的，青贞也只好依着。那时候青贞想，要换成爹，非得跟她理出个一二三来。

那段时间，义叔一来后院儿，八姑奶就要跟过来。后来，义叔来后院的次数少了，九奶的肤色也不像以前那样润亮了，眼神也呆滞了。九奶大门不出，二门不迈，也不上前院儿吃饭，一个人在后院儿。喊她去前院吃午饭，她只说起得晚，没吃早饭，饿，半晌午就吃了。下午，又是这理由。一来二去，大家就习惯了。前院儿吃饭，她只过去站站，客气上两句就回来了。八姑奶一见她，脸拉得老长。而二姑奶吃饭前总要打坐，她头顶一块手绢，嘴里嘀咕半天才吃。见九奶不吃,她还说:"唉,当年你二姐夫去了,我也这样,吃一顿顶三顿,饭搁在胸口上,就是消化不了……"

八姑奶打断二姑奶,说:"行了,别拿你比了,啥年代了?还都像你,拿脸当个脸?"

二姑奶嚼饭不张嘴,磨面似的。八姑奶变脸,她倒笑,那样子很像一位慈母。

家里来亲戚,三爷爷就变着法儿做好吃的,九奶不做也不吃,只有义婶,做了上顿准备下顿。那天,八姑奶喊:"九子媳妇呢?让她过来做饭。"

义婶说:"她吃过了,来了也绊手绊脚的。"

八姑奶说:"别惯她那毛病,她想充大,有个长者的样儿没?"

义婶好像找到了诉苦的对象,似乎想笑却露出了苦相,说:"不然咋办?不是给她九叔守孝,早打发了。"

八姑奶说:"你放心,迟早的事儿。你呢,多留个心眼,眼睛亮点儿。"

青贞在跟前儿,本要还嘴,看八姑奶眼色不对,就闭了嘴。

一向和善的义婶那天却变着脸在背后骂九奶:"不是我说她,一个寡妇,看那穿扮,看那动作眼神儿,巴不得让人咋的呢!真是婊子无情,戏子无义,他九叔刚死那阵儿……"

义叔送炭进来,眼睛盯着她看,义婶一下慌了,使劲揉着面,半天又说:"好在她对李家还有点功劳,不看僧面看佛面。我倒没啥,对自家人放心着呢。"

她们的话含沙射影,青贞听不大明白,但有一点青贞能看出来,义婶怕义叔,义叔在,她不敢说闲话。

九奶不陪大家一块儿吃饭，这让八姑奶更加不满。她到后院转了一圈儿，见九奶和青贞端坐在窗前绣花，就没来由地找青贞的碴儿，不是说她没礼貌，不到前院看二姑奶，就是说她坐姿难看。八姑奶这样骂："在炕上，不好好盘腿坐，大叉着腿，等啥呢？"青贞不会盘腿坐，九奶也不会，她俩在炕上背靠着被垛，腿伸得直直的。八姑奶一骂，九奶就下了地，忙着给八姑奶沏茶。八姑奶一走，青贞总是忍不住想笑，而九奶一脸忧苦。

　　青贞见九奶一天比一天话少，就巴望二姑奶和八姑奶早点走。可是，九奶说："大老远来了，不住一年半载，你三爷爷能让走？再说，你二姑奶都那么大岁数了，有今儿没明儿，到了数着日头过光景的时候了，多住些日子吧。"

　　青贞说："八姑奶是个事儿妈，一天找碴儿，让她管着，累。"九奶不说话，低了头。

　　青贞没想到，她每天陪着九奶，竟没发现她在做寿衣。那天，九奶把褐色绸缎铺在炕上，青贞才看出来那是个袄前襟。袄前襟上面绣好了一个个奇怪的图案，中间是个寿字，边上有五个红色的、像云一样的东西。九奶说那是五只蝙蝠，这图案叫五蝠捧寿。绸缎上本不好绣，而九奶却一针一线，平针套针并用。那针线细密、舒缓、平直，褐色绸缎上，五只蝙蝠红得似火，像流云一般围着圆圆的寿字，欲飞欲落。

　　青贞问："给谁做呢？这么下功夫！"

　　九奶头也没抬，用指甲在刚绣的丝线上轻轻滑动，说："你二姑奶。"

　　青贞说："她还没怎么样，你咋要做这？要让八姑奶知道，非得骂断你的腰。"

九奶一下笑了，说："你不懂，现在做是健康长寿的意思。"然后，她下了地，从柜子里取出一套衣服递给青贞，说："给你义婶送去，我给她做了身衣服，省得你八姑奶说她不会打扮。"前几天，青贞见九奶又是量又是裁，以为是给她自己做的，没想到，竟然是送给义婶的。

青贞说："九奶，义婶也……"她本想说义婶也在背后骂她，但觉得不妥，咽了回去。九奶浅笑一下，说："噢，没事儿。"好像后半截儿话她知道似的。

九奶给义婶做的是一条黑甩裤，一件雪青色小袄。甩裤宽宽的，正好能遮住义婶的罗圈腿。

那些天，九奶很沉默，不再哼唱二人台了，只埋头给二姑奶做寿衣。

二十年过去了，九奶给二姑奶绣花的样子还时时出现在青贞眼前。一想起她白皙细嫩的脸、黑漆漆的眼睛、长长的睫毛、紧闭的双唇，青贞的心里涌上一股暖意。

6

齐镇像只麻雀，虽然小，但五脏俱全。一条东西方向的主街，是镇里唯一的柏油马路。马路两边是百货商场、乡政府大院、医院、学校等。乡政府的门面对大街，大门外，一排两人环抱不住的白杨树围着红色围墙，围墙上用白漆写着：买家电到富豪。青贞知道，富豪是苏媛的弟弟刚开的。再往前走，便是中学。而小学，要从百货商场左拐，上了石头铺的巷道，再左拐才能见着。那天，青贞缠着九奶去百货商场。正是星期天,下午时分,乡下的孩子刚好从家返校,夕阳照在柏油路上,照在吵吵闹闹的学生们背上,整条街都亮了起来。有位女学生就像青贞那么高,背着个大帆布挎包蹦蹦跳跳地从九奶和青贞面前经过。她的书包里装着一沓白面大饼,那大饼是烤干了的,露在了挎包外面,挎包带子上挂着个白瓷缸,她一跑,缸子打在硬饼子上,咣当咣当直响。青贞停下来,羡慕地看。

九奶喊:"青贞?"

青贞回过神,一脸落寞。

九奶挽住她胳膊,拉着她向前走:"你咋不上学了?"

"大哥要娶媳妇。中学在镇里,住校得交住宿费、伙食费,还有书费、学费。"

"那就不念了?"

"嗯,上了初一,初二快结业时停了。住了小半年校,爹掏不出钱了。"

九奶无语,拉着她,穿过百货商场、医院,继续往前走。青贞问:"九奶,去哪儿?"

九奶一脸严肃,说:"领你到学校看看。"

她们来到齐镇中学,一条马路从校门口直达后面一长排房子,后面一排房的房顶上有烟囱,像是厨房。马路两边有两排钻天杨,笔直、挺拔,直达天空。树后是一排排教室,青贞数了下,一边共有八排,两边共十六排。她老家的中学背靠一座大山,只有五排房子,有两排还是男女宿舍。宿舍里,一人只有半张褥子的地儿,半夜上茅厕回来,两边同学一翻身就把地方占了,想挤进去睡,很难。虽然教室少,但学生不少,教室里也和宿舍里一样,很挤。想到这，青贞就想到学校里边看看。

她拉着九奶，说："我想进去看看。"

九奶沉思着，夕阳打在她脸上和头发上，如镀金一般。青贞又拉拉九奶，九奶不动。九奶盯着学校看了良久，突然转身对青贞说："贞贞，今天不进去，明天，你来上学。"

青贞不解，轻喊："九奶？"

九奶很坚决地说："九奶供你上学。"

青贞知道，九奶日常生活来源全靠那几亩地，而那地是由三爷爷种了，磨了面再给她。九爷留下的积蓄已所剩无几了。

九奶很兴奋，拉着她往回返，边走边说："九奶把裁缝铺开起来，供你一个人上学，绰绰有余。"

街道右边有两个裁缝铺，招牌上分别写着：菊花制衣铺、薇薇制衣铺。招牌也不往墙上挂，歪歪扭扭立在门外。

九奶盯着制衣铺，说："让你义叔写，你义叔的字好，就写许山花制衣铺。"

因为激动，九奶脸颊微红，夕阳照在她脸上，美极了。一帮人从商店出来，里边有唐骐骥。他们晃着膀子，推攘着过来，对着九奶响亮地吹口哨。九奶脸色一变，拉着青贞就走。

那天，青贞才知道，九奶名叫许山花。

过了一周，青贞也没去上学。因为她上学的事儿，家里爆发了一场战争。首先发话的是三爷爷。三爷爷说，这么大的事儿，不跟她爹说，不好。然后，他便蹲在地上抽烟，一锅又一锅。

义叔从没跟三爷爷呛着干过，那天却说："让贞贞上学，又不是让她出嫁，大哥能不同意？"

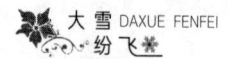

三爷爷磕着烟锅头,说:"你大哥不是得拿钱吗?没钱咋上学?"

九奶赶快接过话说:"我供,我盘算好了,我开裁缝铺。"

八姑奶盯着九奶,说:"你开裁缝铺?谁让你做衣服?"话没说完,她盯了眼九奶给她做的风衣。那件风衣挂在柜子侧面的钉子上,斜插兜、大翻领,很好看,而八姑奶的其他衣服都在她皮箱里锁着。见大家不说话,八姑奶又说:"就是有人让你做,你在哪儿开?"

九奶说:"在家,家里有的是地儿,也有缝纫机,再买个锁边机和熨斗就行。"

八姑奶说:"人们出来进去,当家是店啊?"

九奶低了头,声音软了,但还坚持着说:"把后门开了,牌子挂在后门上。"

八姑奶一下站了起来,然后,又坐下,手一挥,指挥合唱团似的,说:"闹了半天我才闹清楚,你是想开后门啊。后门儿对你就那么重要?"

九奶脸唰一下红了,她眼里含着泪,低了头。

义叔一直没说话,他思索半天,说:"我觉得是个法儿,也难得为贞贞考虑,贞贞这孩子,是块上学的料,只可惜大哥没能力供。不开裁缝铺也行,大家凑点钱,先让贞贞上学。学校也不好办,好不容易给她办妥了,这学得上。"

义叔说得很坚决。但是,一说让大家凑份子,屋里死一般安静。

义婶又开始吸鼻子,她看看义叔,说:"我出一份。"

二姑奶也说:"我也出一份。"

三爷爷和八姑奶一句话没说。青贞的表情寡淡寡淡的，脸色微红。

九奶摸摸青贞的头，说："谁也不用出，我开裁缝铺。贞贞是来陪我的，又是我提议的，不能我做好人，大伙儿掏钱。这钱，就我一个人出。"说罢，她看一眼八姑奶，眼里露出了胆怯。

一个月后，青贞的户口转到了齐镇，成了齐镇的初中生。义叔把院里立着的半块门板锯了，刷上红漆，在上面用白漆端端正正写上：许山花裁缝铺。

清明过后没几天，八姑奶和二姑奶就走了。二姑奶把寿衣放在包袱里，临走时反复说："儿女们想得都没九子媳妇周全。"说到这，她就开始流泪。人老了就这样，一件事儿，一句话，不知要念叨多少遍。二姑奶一哭，一家人围着她，也开始流泪，生离死别似的。那一刻，从没想过爹的青贞，突然就想起了爹。她倒在九奶肩上呜呜痛哭了一番。而八姑奶哭着哭着，却对三爷爷说："三哥，我说的话，别当耳旁风，咱先人瞅着呢。"她脸上挂着泪，转身又对义叔说："李义，当老师了，做事得有个分寸，闹出事儿，辱了先人不说，老师也别想再当。"她穿着九奶做的风衣，盯着九奶，眼神儿却是凶巴巴的。

7

那年，齐镇突然时兴起穿中山装了。九奶的裁缝铺更火了。外屋拉着两条晾衣绳，横一根，竖一根，交叉的十字绳子上搭满了衣服。除了少数裤子、马夹外，大多数都是中山装，以黑蓝和军绿色为主。而九奶依旧穿自己喜欢的衣服。她里边穿着墨绿衬衣，小尖领,精巧、别致,外面穿着的黑色小袄,小袄上缀着墨绿盘扣。小袄齐腰,墨绿盘扣与墨绿衬衣很搭配。她下身穿黑色锥形裤,裤子不长,刚好把黑呢绣花鞋露出来。鞋上有几片墨绿莲叶,一点红点缀其中,那红便是待开的荷花。正是五月,春意渐浓,麦田碧绿,桃花盛开,齐镇的女人结伴而来,原本冷清的、直通县城的马路多了几分热闹。

那些女人看着肤如凝脂、笑如桃花的九奶,一拿到称心的衣服便背过身,互相瘪瘪嘴,不屑一顾的样子。九奶的眼神就结了冰,稍缓,又溶化了。她笑着拍拍人家肩膀,打着招呼:"走好啊,穿好了再来。"九奶明明看见女人们讥笑她了,却假装没看见。

这些女人当面没让九奶难堪,待出了后门,便有了闲话。这个说:"瞅那穿扮,跟咱们就是两样儿。"

那个说:"全靠那穿扮引逗男人呢。跟咱一样,那唐家大儿子咋能抱着不放,一口一个我会娶你的、我会娶你的?"

这个便接了话茬,说:"让人家抱了、亲了,临了,没娶她,可不寒碜死了。"

这个便压低声儿,说:"听说那天唐骐达抱她,她还大喊。"

那个就捂了嘴笑,说:"没把她那个?"

这个就得意地说:"谁知道呢,隔了辈儿不说,还比唐骐达大一岁,镇长能乐意?"

一个穿黑袄的女人回头望一眼,说:"我家那口子说,镇长管不住儿子,就找了李义爹,让他看紧点,说他儿子要进了他李家门儿,就找他说事儿。他要是看紧了,亏不了他家。镇长这么一说,把李义爹吓坏了,要不,为啥打老远叫来个做伴儿的?我看,裁缝铺开后门儿,嘿嘿,保不定是给谁开的呢。"

一个女人捂了嘴,说:"烂得很呢,咱镇的爷儿们一说起她,哪个不眼亮?说不准,从那后门进出的还有咱那口子呢。"

女人们遭雷打了似的,一下停住,愣片刻,又说开了。这一次,她们开始辱骂。她们把九奶从头到脚讥笑一番,痛骂一番,才心满意足地回家。

九奶的生意照样出奇的好。每晚,青贞在屋里写作业,九奶在外屋做衣服。九奶做衣服时,不是哼唱二人台就是把收音机打开。那收音机方方正正,只有小人书那么大。晚上,九奶把声音放得很小。门闭着,青贞隐隐约约能听见收音机里在播《渴望》。缝纫机声一直伴着青贞,她不睡,九奶是不会停下来的。有时候,青贞起身给九奶端一杯水过去,九奶也不说话,头一点,示意她回屋学习,青贞心里就像蜜一样甜。有时候窗帘拉得晚,青贞就能看到一个人站在杏树下,一动不动。青贞细看,那人就向后门走去,过一会儿,蹬蹬蹬走过,到了前院儿。青贞猜测是三爷爷或义叔来查看后门上锁了没有。

忙忙碌碌中,日子就过去了。爹专门来信表扬了九奶,说等青贞大了、出息了,就留在九奶身边孝顺九奶吧。信是义叔念的,义叔念时,还赞赏地看了眼九奶。而三爷爷的脸马上就沉了下去,话里有话地说:"才多大,就想着给她养老?"然后,他忽然冒出一句谁也不曾想到的话:"三年守孝期满,想走就走,李家不能害了你。"

义叔脸沉了一下,没说话。

最让人想不到的是,别人都发愣,义婶看义叔一眼,却说:

"李家又不是养活不起,咋要走?再说,这样一来,他九叔不成了孤坟?日后配个干丧多难?也得不少钱呢!"

义叔狠狠地瞪她,她吐吐舌头,收了口。

三爷爷回头把一锅烟狠狠磕在炕沿上。那炕沿本是杨木的,镶在水泥里,两边用两个大洋钉钉着,他一磕,炕沿就活动了,尘土飘出来,一屋子土腥味儿。

九奶没说话,闪身出了屋,也不停步,身子在窗户上一闪,去了后院儿。

义婶盯了眼三爷爷,觍了脸又说:"这主意肯定是八姑出的。其实,八姑也不全对。自家的男人,做了啥,没做啥,自家女人能试不出来?"说罢,她看了眼义叔,义叔黑着脸,没说一句话,而三爷爷用空烟锅敲炕沿,要把炕沿敲烂了似的。

义婶感觉说漏了嘴,又吐了下舌头,吸了吸鼻子,脸一下红到了耳根。青贞发现义婶吃胖了,脸上瓷实了,眼角的褶子似乎也少了些,头一低,脸一红,竟妩媚起来。

这以后,九奶的话越发少,每天,只有那缝纫机声,嗒嗒嗒嗒响个不停。

进了六月,天一下热了起来。闲下来,九奶给自己做了件纯黑的衬衣,而领口处却绣了花,那花不艳,淡淡的,几个色搭配着,雅致、抢眼。衬衣上钉着五颗黑扣子,贝壳一样,亮晶晶的。那天,青贞吃了午饭就到学校学习,九奶躺在炕上睡午觉。见她躺在那儿,青贞上去把她的头搬起来放枕头上,又拿了块小巾搭在她肚上。九奶睁开眼笑着说:"就打个盹儿,不用的。"青贞还没走出屋就听到了她轻微的鼾声。每晚,九奶都陪青贞学习,她什么时候睡,九奶就什么时候睡。看着九奶贪婪的睡相,青贞的眼一下湿润了。

到了前院,义叔正从厕所出来,见了她,关心地问:"不睡会儿?"她说:"还有几道题没做,去学校趴桌上打个盹儿就行。"走了半截儿,她忽然想起忘带练习册,急忙返回去拿。进了后院儿,见外堂屋门开着,青贞风一样溜了进去。推开里屋门,青贞惊呆了,只见义叔和九奶站在地上,拉磨似的推来攘去,义叔把九奶推到炕边,九奶狮子一样轻吼一声,把他推远,然后,又伸开胳膊,疯了一样把义叔拉回来。义叔紧紧抱住九奶,嘴里含糊不清。九奶的衬衣敞着,雪白细嫩的皮肤露着。义叔也敞着怀,露着胸脯。地上掉着一颗亮晶晶的黑扣子。

青贞大哭着跑了出去,像遇见狼似的。青贞的惊叫声从后院响起,直达前院儿。

最早过来的是三爷爷,三爷爷穿着件白背心,三步并作两步来到后院儿,对着青贞大声呵斥:"闭嘴,哭啥哭?"

他走到义叔跟前,抬起胳膊,扬起手,狠狠地打了下去。然后,他又打了九奶一巴掌,恶毒地骂:"不要脸的东西,也不害羞?还有脸活?"

三爷爷向来待九奶如客,这一打,九奶肯定要大哭或转身跑了。青贞没想到,九奶竟然瞪着三爷爷,眼窝里噙着一滴泪,咬着牙,狠狠地说:"凭啥打人?我是你李家啥人?你坑人还坑得不够?"

瞅她那架势,仿佛错的不是她,而是三爷爷。青贞觉得九奶恶心,就是从那会儿开始的。

三爷爷的手哆嗦着,举重锤似的举起来,犹豫半天,最后落在

爱情篇

了另一只手上。

义婶是后来过来的。她过来,看看哽咽着的九奶,再看看傻子一样立在门边的青贞,拍了下九奶的头,说:"她九奶,怨不得你,我们这个,半夜不到后院转一圈,一晚上别想睡。我知道,他就是爱转转,所有的劲儿都使在了家里。"然后,她用脚狠狠地踢了义叔一脚,说:"回家。"

义婶在义叔跟前从没这样胆大过。义婶转过身青贞才看出来,她的腰身很粗,像怀了几个月身孕似的。

第二天,青贞住到了三爷爷家。见了九奶,她狠狠地呸了一口,转身就走。呸完,青贞的心就狠狠地疼了一下。她虽小,却有是非观念,什么该做,什么不该做,她有自己的看法。九奶疼她,把她当作亲人,供她上学,可是,十好咋能顶一大恶?她要是原谅九奶,跟自个儿做了一次贼有啥区别?她要是还跟九奶一起住,那不是辱没了李家门风?她要是不表示恶心,那不是等于赞同九奶的不正当行为?九奶为二姑奶考虑也为八姑奶考虑,为义叔考虑还为义婶考虑,没想到,她是因为愧对了九爷,愧对了李家,愧对了义婶才这么干的。就连供自己读书,青贞都觉得她是在讨李家先人宽恕。那一刻,青贞根本没考虑李家人的责任。她只觉得九奶是长辈,是她的奶奶、义叔的婶婶,该有长者风范。

那天,三爷爷说后院树上起了虫子,得喷药。他买了一大瓶敌敌畏,用了一点儿,剩下的放在两根树杈间。后院儿里一股股农药味儿扑鼻。看着药瓶,青贞莫名其妙地心慌。趁三爷爷不注意,青贞爬上树把药瓶取下来,放在了三爷爷外屋门后。没想到,三爷爷看见后,黑着脸说:"狗进来碰倒咋办?鸡进来吃了咋办?"三爷爷把药瓶又放到了树杈间。九奶坐在炕上,抬眼就能看到。在青贞眼里,那药瓶就成了一枚毒箭,随时能杀死炕上坐着的九奶。每天,药瓶在不在成了青贞必去偷看的事儿。一周后,药瓶上落了鸟粪,鸟粪稀稀的,从瓶盖一直流到瓶底。看来,九奶并没有自杀的念头。也是,九奶一个人在后院儿,想死的话,十条命也没了。她爱自个儿的命胜过爱名声呢。不管李家人咋待她,她都会觍着脸活着。想是这样想,可是一周没见九奶,青贞坐也坐不住,站也站不住,丢了魂儿似的。那天,她站在巷道里痴痴地往后院看。夕阳打在玻璃上,玻璃像一面铜镜,一片金黄。正当她出神地望时,九奶出来了。她头发凌乱,脸色苍白,像一只遭了冷遇的丧家犬。那一刻,青贞有点心痛,泪也涌出了眼眶,可是,当她看到那棵杏树,想到杏树下义叔的身影,想着杏树下两个模模糊糊搂抱着的身影,就觉得恶心。突然,她对着九奶狠狠地呸了一口。她呸九奶时,九奶一脸惊愕,眼里竟泛了泪,那泪晶莹地闪了闪,转了几下,九奶眼中便射出一股恨,那恨,让青贞颤抖不已。青贞想起苏媛一口一个九婶地喊她,青贞觉得,想伤她,就得喊她九奶,一遍遍地喊,一遍遍地提醒她,让她知道自己的辈分,让她懂得"羞耻"二字。可是,喊她九奶,青贞觉得也不解恨,平时不也这样喊吗?想到这,她又呸了一口。她再呸时,九奶依旧一动不动,只是凶狠地看着她,仿佛马上就要对她破口大骂了。一周来,李家人谁都不愿意理她,义叔一出门,义婶就凶巴巴地跟着。她一个人在后院咋吃饭?吃什么?没人过问。她烧没烧炕?也没人过问。她遭全家人冷遇,哭没哭?伤心不伤心?也没人过问。整整一周,她没出过门儿。眼下,九奶憋了一周的委屈不得找个地方发泄?自己又是孙子辈，不跟自己发威，能跟谁发呢？想到这儿，青贞就想躲开九奶，免得惹一身骚。在她刚转过身时，九奶说话了，九奶说："贞贞，好好复习，好好参加中考，心里别装这些闲事儿。"说罢，嘭一声关了门，即刻，门里传来狼一样的哭号。

那天晚上，青贞做了一张数学考试卷，又背了政治和语文。三爷爷的呼噜声打得震山响，她有点犯困，出了门。月亮很圆，星星像日光下的玻璃碴，亮晶晶地闪着。青贞悄悄溜到后院，想看一眼九奶，这个时间，九奶应该在做衣服。没想到，后院儿一片漆黑。一股不祥的预感袭来，是的，九奶咋能没有羞耻心，咋能不害臊，咋能有脸活着……想到这儿，青贞倒吸口冷气，要窒息似的。她小跑着过去，推推门，门从里锁着。她又爬到窗户上，什么也听不见。情急之下，她大声喊："九奶、九奶。"她的声音里带着哭腔，一声比一声高。

义叔过来了，三爷爷过来了，义婶过来了，最后，娟子也过来了。青贞不管不顾，大声地喊："九奶、九奶。"

突然，屋里的灯亮了。水纹一样的窗帘映在玻璃上，九奶坐在炕上，一动不动，如一尊雕像。九奶还是想活着。

背后，三爷爷长长地叹了一口气。

又过了几天，青贞放学回来，见院儿里多了辆毛驴车，一头青灰色毛驴被拴在车帮上，车里放着一捆青草，那头毛驴，探着脖子，一口一口地撕着青草吃。

三爷爷和一个老头正坐在炕上商量事儿。那老头大夏天戴着顶深蓝帽子，帽子已经泛白，四周一圈儿被汗浸湿过，挂着雪粒一样的盐碱。他穿着中山装，裤缝儿笔直，有几道折叠印，衣服上还散发着淡淡的樟脑球味儿。青贞猜出来了,他是九奶爹,九奶给她爹做这身衣服时,青贞就在跟前儿。

三爷爷说:"咱就定了吧,七月八号把事儿办了。"

九奶爹放下水缸,拿起纸卷烟。九奶爹的胡子上挂着一串水珠,他抬起胳膊擦擦,说:"让你费心了,这丫头命苦,从小没妈,上学供不起,我就强行让她停了学。本来她爱唱爱跳,被招到剧院,却也没落个好下场。孩子心重,好久没缓过劲儿来。我这孩子,心也灵,手也巧,就是,就是在剧院待了些日子,把心待野了,穷日子过不了,富日子过不起。"

三爷爷说:"也不光是这。"他砸巴了一下嘴,又说,"唐镇长就是看上了她心灵手巧,人家说了,钱,紧着给,你张口吧。"

青贞问:"三爷爷,这是干啥?"她问得急,带出了哭腔。

三爷爷说:"唐镇长的侄儿,看上了你九奶,这不……"

青贞转身就往后院跑,进了家,见九奶正对着镜子一根根拔眉毛。

青贞完全忘了九奶的不是,听说九奶要嫁人,生离死别似的,抱住九奶大声痛哭。九奶回过手,把她的头摁在自己头上,使劲儿地拍拍,对着镜子里的青贞,说:"九奶乐意,你甭难受。走这条道儿,没法儿。贞贞,九奶不在,你得好好学习,好好考试,等考上学,有了工作,自个儿要给自个儿做主,啥事儿都能将就,婚姻大事儿将就不得。"青贞看着镜子,镜子里的九奶流出一滴泪,又流出一滴泪,那泪,雨点儿似的,顺着瓷实净白的脸,流过下巴,滴滴答答,掉在了黑衬衣上。

七月八日,青贞出院儿背书,出院儿她就愣住了。东方刚刚放亮,院儿里却一片火红。各家的窗帘都从屋里遮着。三爷爷和义叔

家的玻璃上都贴着一个大红的双喜字儿。还有几个窗户孔,贴着红红的窗花,那窗花竟是义叔画的、九奶剪的、青贞收藏但没带走的《红楼梦》中的人物。三爷爷家贴的是贾母和凤姐,义叔家贴的是宝玉和宝钗。转到后院儿,青贞看到九奶家的窗户上贴的是黛玉、金钏儿和晴雯。青贞进后院儿时,九奶正拿着笤帚往门框上抹糨糊。

九奶爹举着一副对联,站在九奶身后,声音怯怯地说:"你这是做甚呢?贴这管甚用?还偷着贴!"

九奶接过对联放在门框上,用笤帚刷着,一用力,对联划破了,下面的糨糊挤了出来。

九奶爹又说:"你这娃,又不是大姑娘,寡妇出嫁,不能讲究太多。"

九奶撕下对联,带着哭腔说:"我算寡妇出嫁吗?"

她爹说:"咋说话呢?那算啥?一个寡妇,人家就给了五千彩礼,咱山里,大姑娘出嫁都没给过这么多。"

九奶把皱了的对联揉到一块,往地下一甩,进了屋,屋里立即传来了凄楚的哭声。

青贞也站在院儿里哭,身后传来一声长长的叹息,她一回头,竟是义叔。

九奶出嫁时,没迎亲人,也没送亲人,更没捏面人儿的,这跟苏媛出嫁时真是两样儿。那天,唐镇长的侄儿,那个在乡食堂做饭、死了老婆、39岁的瘸子唐礼,用一辆自行车将九奶推进了乡食堂前面的那间平房。听说,自行车一出三爷爷家后门,九奶就开始唱二人台,她唱的声音很大,边唱边流泪。

第二天，唐礼却在家大办喜宴。唐礼家有三间砖瓦房，一个大院儿。院儿里，红红的炮屑铺了一地。院儿里拉着的铁丝上晾着一块白褥单。褥单上有巴掌大一块红，那块红在雪白的床单上，如一个醒目的广告。

头一天娶亲，第二天请客，这在齐镇没有失礼。偌大的院儿里，十几桌人在划拳喝酒，只听唐礼卷着舌头说："今儿请客，为啥？捡着大便宜了呗，没想到，她是个黄花闺女！谁说拉了灯女人都一样？我跟你们说，不一样，真是不一样。这帮男人，齐镇的这帮男人，都是龟孙子。昨晚，非得让我铺这白褥单，你们再细瞅瞅，这血，多红。我就这么挂着，挂一年半载。他李家的老九，竟是个残废，齐镇那么多馋嘴男人，连个荤腥味儿也没闻到……"

男人们哈哈大笑。

屋外，唐家的人忙里忙外，其中，就有苏媛。青贞透过众人往屋里望，九奶盘着腿坐在窗前，面对窗户，一脸平静地绣花。她的头发高高盘起，不惊、不喜、不忧、不怨，平静得令人惊讶。九奶不出来招待，足可看出她在唐家的地位。面对头也不抬的九奶，面对众人的哄笑，青贞一步也走不动了，她靠在院门的门框上，吃惊地盯着那块白褥单。风刮进院儿，那褥单就哗地抖一下，再刮来，又哗地抖一下。青贞的脑子里一片空白，一滴泪藏在眼窝里，映着那块红。

九奶出嫁后，义叔忽然一夜间老去。青贞以为，那种痛无以修复，是刻骨铭心的。那段日子，全家人小心翼翼地服侍着他，唯恐他有个三长两短。一天过去了，一周过去了，一个月过去了，义叔像一个大病初愈的人，能说了，能吃了，也能睡了，只是，很少笑。

这天,青贞碰到了九奶,九奶站在刘医生门诊铺里,见了她,走出来。青贞问:"九奶,干啥呢?"九奶眼里蒙了一层雾,晃晃手里的瓶子,说:"买点药。"青贞一惊,急急地问:"病了?"九奶低了头,待抬起,一脸萧瑟,说:"睡不着,治治。"九奶买了安眠药?以前她感冒都不喝药,睡不着咋要喝?青贞猛然想起树杈上放着的敌敌畏,心针扎了似的疼。青贞听说,齐镇有个女人,因药店不大量卖安眠药,便分次买着攒起来,然后一块喝下,原因就是对丈夫不满意。一股冷风吹来,她扭身喊九奶,却见九奶进了巷口,脚上的绣花鞋闪了一下。九奶竟然穿着绣花鞋就出门了。

那晚,青贞梦见自己去了唐礼家,院儿里,那条染了血迹的白床单儿下盖着一个人,红血迹刚好盖在胸口,像雪地里盛开的梅。那人的脸被蒙上了,只露着一双脚,脚上穿着黑呢绣花鞋,鞋面上绣着墨绿莲叶,莲叶上有一点红。青贞哭着喊九奶,醒来一身冷汗,枕头已湿了一片。

梦终归是梦。

两个月过去了,青贞拿到了天津师范学校的通知书。这一天,她与义叔一同往家走,见九奶站在巷口,正跟唐骐骥说笑。义叔过来,她便张扬、含情、大胆地望着义叔,终于把心里藏着的那只小兽放了出来似的。青贞喊:"九奶,闲着呢?"本是客气打招呼,九奶却答非所问:"贞贞,我嫁的是唐礼,他都改口喊我嫂嫂了。"说着,她指了指唐骐骥。唐骐骥脸上没了坏笑,正经了许多。九奶看一眼义叔,转身又跟青贞说:"你以后就叫我婶吧。"然后,冲着义叔,说:"李义,去跟你唐哥喝几盅,我备好了菜。"义叔硬着脖子说:"去啥去?"说着,就怪怪地盯着唐骐骥看。九奶说:"去吧,对我,唐礼放心着呢。他成天喝酒,他喝,我就给他唱二人台。"九奶说完就咯咯咯地笑,那笑声很夸张、做作,能让人起一身鸡皮疙瘩。

对于九奶,刚开始,青贞想不通,齐镇这么大,爱慕她的男人又那么多,她闭着眼抓,也能抓一个比唐礼强的。虽然唐礼在乡政府食堂上班,但是,他人那么老、腿又那么瘸,就因为他是唐镇长的侄子?可是,待让青贞称呼她婶子时,青贞才明白九奶的良苦用心,她无非是想在齐镇把自己的辈分堂堂正正地摆平。如果她不嫁到唐家,齐镇人会不会认为她又在乱伦?

上师范后,青贞常想起九奶的笑,那笑,似乎预示着什么。果不其然,青贞假期回来,听说了好多有关九奶的闲话:说她见了齐镇男子,非让人叫她嫂子,好像嫂子的头衔多尊贵似的;还说她跟那些男子打打闹闹,浪说浪笑;还说她很泼辣,跟男子摔跤,在沙土窝里抱着乱滚;还说她见了男人,主动套近乎,骚得很,巴不得让人咋了她似的,等等。九奶的闲话虽多,但没一句是关于她和义叔的。她和义叔暗中的那段情,还没公之于众,就不了了之了。人们说,后来,那些爱慕过九奶的男人碍于唐家的地位,怕给自己招惹麻烦,都有意回避她。人们还说,唐礼对她娇惯得很,把她当宝一样的爱,她想打麻将,他就给她找人,她在炕上打麻将,他就在地上给她做饭,她想吃荤,他绝不给她做素。唐礼每个月的工资,一分不少全给她。九奶有条件过小资生活了,可是,她却不再穿碎花袄、绣花鞋,也忘了自己曾唱过二人台。她坐在东街戏台下,除了嗓门大,跟齐镇其他女人没什么两样。

后来,青贞猜测,九奶嫁给唐礼,没了辈分约束,对义叔,一定有过一段追逐。九奶肯定想真正成为义叔的人,而义叔为了保住自己的教员身份,一定做了胆小的逃避者。被义叔冷落,九奶才放

纵自己。这样一猜测，青贞就有点恨义叔。长大后她才明白，男女间不该有的情，是闷葫芦里的药，不喝，难解疼痛之苦，喝了，更苦。义叔可能过早地悟到了这点。

不管咋猜测，青贞都认为，义叔和九奶一辈子都会割舍不下那段感情。可是，二十年后，当青贞再次回到齐镇，看着义叔子孙绕膝，看着九奶儿女成群，看着他俩见了面，无异于别人的客套，看着他们眼中的浑浊，青贞几乎要质疑自己的记忆了。

反方向

送他们走时，湘玉装得满不在乎。她握着薛美的手说："路上慢点儿，玩好啊。"她还大方地冲哲夫点了几下头。那样子像是在说，君子之交淡如水，你们走你们的阳关道，我走我的独木桥。其实，看他俩一块走，湘玉真想大哭一场。

转过身时，湘玉再也控制不住了，泪成串地往下流，想回头看看他们是揽着腰，还是挎着胳膊走的。想想挺难堪，她终究没回头。

穿过斑马线，湘玉站在站牌下，迷迷糊糊的，本该坐上行车，竟然站在下行线上等。

她的眼泪一个劲儿地往下流，像受了天大的委屈似的。"这么大个人吸吸溜溜地哭，让人看见准会瞎猜。"她背过身，看水泥柱上贴着的治痔疮的广告。

中巴车一到，湘玉调头跳了上去。

好在车上人不多,一上车,湘玉一屁股坐在靠窗户的座位上。刚坐下,泪又流了出来,她把身子扭向窗户。玻璃冻得严严实实,除了霜啥也看不见。湘玉把手放在玻璃上,霜化了,玻璃像贴了一层塑料薄膜,她把脸贴上去,看不清外面。她泪眼模糊,哲夫的影子却闯了进来,他有着笑眯眯的眼睛,略微上噘的嘴,说到有趣处就用拳头擂腿。说完话,他总要瘪一下嘴。

她细想,想不起一点儿别的东西。可他的话湘玉是记得的。他说:"路上小心点儿,不行我们先送你。"因为这句话,湘玉伤透了心。我们?他和薛美?这不明摆着告诉湘玉,他和薛美是铁了心要一块儿走了。

她从没这么伤心过,像被他耍了似的。玻璃上又结了一层薄霜,刚才影影绰绰的粉红色楼房一点也看不见了。

又有人上了车。

车走得很慢。跟车的小后生趴在半开的门上,带着童音朝外喊:"有座儿,有座儿,想回家的快上咧——。""咧"字拉得很长,就像《大宅门》里的"开船咧——"。身后传来嘻嘻嘻的笑。湘玉想看看走到哪儿了,想起刚哭过的眼睛,只好作罢。一股冷风刮过后,门咔嗒一声合上了。

身后的女孩们又说开了。

一个说:"要是我,非得把那100块假钱,啪一下甩到他脸上,谁怕谁?"

另一个声音尖尖的,说:"你断定是他调换了?凭啥甩人脸上?人家可是说从刘工那儿领回来就给了。"

第一个接着说:"刘工说那钱刚从银行拿出来就发了工资,咋能有假?"

"刘工的话就真了?"听声音,这女孩显然岁数大些。

声音尖尖的女孩又说:"真是搞不清楚,到底他和刘工谁做了手脚?"

第一个说话的女孩说:"你也是,受了一个月累了,工资自个儿不领,咋让他捎?"

拿了假钱的女孩刚才在默默地流泪,经大伙一说,便放开了声儿,哽哽咽咽,抽抽搭搭地哭。

"唉——"湘玉轻轻地叹了口气。她想,女孩子只被调换了100块假钱,而她被调换的是一份感情。人们常说钱打水漂了,却从没人说感情打水漂的。钱伤不到内脏,而感情却不一样。想到这儿,湘玉又一阵难过,如果不把薛美介绍给哲夫,说不定自己和哲夫的那层窗户纸早捅破了。怨薛美?咋能怨人家!薛美是直来直去的人,不会遮遮掩掩。怨哲夫?人家也没对自己承诺过啥,只是把自己当朋友罢了,能干涉人家私生活?

不能想,满脑子糨糊。

车上下颠了几下,尘土从地板缝儿里飞起来,湘玉赶紧捂住嘴。哲夫用车把她和薛美接来,没想到,一顿饭没吃完,她不得不一个人坐这破车回去!湘玉有五六年不坐中巴车了,这种私人车不保险,说停就停,没正点儿。早晨上班,她多次被误认为是坐车的。待走近,见她不坐车,中巴车司机还嘟囔着骂。湘玉对这种车很了解。

湘玉把嘴靠在玻璃上哈气,用指甲嚓嚓嚓地划。从划开的印儿里只能看见半截儿楼房和街面。看样子像下雪了,风在地上打个旋儿,刮起一阵雪粒儿。

一位男士上了车,骂了一句鬼天气,缩着脖子坐在了湘玉旁

爱情篇

边。他坐了一阵儿，见湘玉往外瞅，搭讪问："到哪儿了？"

耳边有股热气呼来，湘玉知道是在问她。她又用指甲划划玻璃，说："看不清。"

"那你看啥？"男人讪讪地笑着说。

湘玉没搭理他，心想，车随叫随停，又不像公交车要看站牌。湘玉掏出手机扫了一眼，7点20，坐了40分了，到家起码得两小时。

男人又问："你去哪儿？"

湘玉正在想哲夫，听他问，不耐烦地说："回家。"

她把包抱在怀里，头倚在座位上闭了眼，眼前又出现了哲夫，哲夫正捧着画册同她一块看。他们挨得很近，头靠在一起，都能闻到彼此的气息。哲夫嘴里有一股烟草味儿，湘玉虽然讨厌人抽烟，可那味儿从他嘴里出来，她的心竟然跳开了。湘玉好多年没接吻了。刚想到接吻，她仿佛看见哲夫扔掉画册，搂住她的腰往前拉了一下，然后把手插进她的长发里，扳住她的头慢慢把嘴递了过来，湘玉闭了眼……一个激灵醒了过来。

车还在慢悠悠地走，湘玉身上倦倦的。

旁边的男人冲小后生喊："唉，到机车厂叫我一声啊。"

小后生转了下头，没搭理。他冲着呼呼刮着的狂风喊："上车，上车啊，最后一班车，有座儿——。"他对车内人远没有对车外人热情。

到机车厂？湘玉觉得男人坐错车了，机车厂应该在反方向。男人是不是喝了酒？这样想着，她真的闻到一股酒味儿。

她好心提醒男人："您是不坐错车了？"

男人长得凶巴巴的，脸上有一块黑斑，他不解地看她一眼，又问:"你去哪儿?"

她没好气地答:"回家。"然后把头扭向玻璃,心想:"懒得搭理你!好心提醒你,没一点感谢的意思,还怀疑,像别人害你似的。"

车门开了,外面站着三人,二男一女。女人上了车,她戴着大口罩,穿着没过膝盖的红色羽绒衣。矮个子男人两手把住车门,跟着车慢慢地跑,边跑边喘着气嘱咐女人:"到家就打电话,听见没?大黑天,省得人惦记。"女人摘下口罩,大大咧咧地冲男人喊了一句:"怕啥?这么大个人还能丢了?"女人站在旁边,一手抓着椅背,一手从兜里掏出瓜子嗑。

车开了一阵儿,就听旁边的男人急急地喊,"停、停"。临下车时,男人冲小后生说,"让你叫我你咋不叫我?这不错过了?"

小后生瞪他一眼,说:"公交车报站名,你咋不坐?"然后推他一把,嘎嗒关了门。

男人在外面吼着骂。车呼地加速了。

湘玉觉得男人真不对,刚才提醒他坐错了车,他还用那种眼光看她,现在又跟小后生较劲儿,真是喝多了。

男人一下车,穿红羽绒衣的女人坐了下来,她好像嫌座位小,扭了几下身子,然后又开始嗑瓜子。瓜子皮在她的下嘴唇堆着,像起了疮。湘玉看着恶心,把脸侧到了一边。

买票时,女人跟小后生发生了争执,女人说:"到终点是5块钱,我坐了好几年了,就这价,咋今天涨了1块?"小后生说:"这可是末班车。谁大黑夜雪地里再跑一趟?坐不坐?不坐就下去!"

小后生说得很坚决,意思再明白不过了。女人嘟囔着补了钱。

爱情篇

终点站是火车站,湘玉的家就在火车站附近,她扭头看了女人一眼,女人手里空空的,不像坐火车的人。

这儿的争执刚停,那几个悄悄嘀咕的女孩子突然又放大了声。一个说:"他那么朝三暮四,缠他干啥?天下男人又不是死绝了。"

这句话听着有点刺耳,好像是说给自己听的。湘玉就有点缠着哲夫不放,她这人就这样,没办法,看不惯的人死活也看不惯,看惯的却总是搁不下。离婚后,姨姨给她介绍了孙涛。孙涛是银行职员,工作不赖,但见面没两次,人还没咋了解,却提出要干那个。湘玉扭捏着不允,他说:"都是过来人,啥没见过?离婚的人,互相都需要,还装淑女?"听他那话,好像离婚的人像匹野马。就因那句话,他再约,湘玉硬是没答应再见面。哲夫却正好相反,认识半年多了,没动过她一根手指头。好几次独处,湘玉很希望他有一点儿亲密的动作,比如抓抓手、搂搂腰,可是,他总是温文尔雅。这样一个人,偏偏就吃薛美那一套!刚才吃饭,他给她夹了一筷子菜,薛美就酸溜溜地说:"哟,哲夫,只在独身女人这儿表现?想……"话咽回去,筷子却怔在嘴里浪浪地笑。湘玉觉得随便吃人醋很没教养,可薛美吃醋,哲夫不仅不厌恶,也跟着笑。湘玉有点生薛美的气,薛美吃醋太不合体统了。论资格,她是有丈夫的人;论身份,她不仅是湘玉的朋友,还是湘玉叫过来做参谋的人。可是,介绍他们认识没几天,她却当着湘玉的面,时不时跟哲夫调情。私下里,她跟湘玉说:"我跟他过几招就能试出他是不是真心。"说是来试他的,几个月下来,她跟哲夫的关系却明显亲密起来。这一点,湘玉看出来了,但又不便说。哲夫又不是自己的丈夫,关系又没明确,大家在一起吃吃喝喝是常有的事,让人觉着是自己自作多情，多掉价？

想着哲夫也是离过婚的人，成家第一，而薛美又不可能嫁给他。湘玉想，总有一天，哲夫会看不惯她的做法的。水性杨花的女人，男人们咋能待见？可是，今天，当着她的面，他们竟然一同走了。

这不就试出哲夫跟孙涛是一样的人了吗？应该庆幸自己没上当！可湘玉就是乐不起来，心里总是酸酸的。湘玉想："咋就割舍不下呢？天下男人又不只是他一个！我是不是……"湘玉觉得自个儿爱上哲夫了。

那个小女孩可能也跟自己一样，爱上了那个朝三暮四的男人，看来，天下的女人都一样，不管岁数大小，只要爱上就完了。

想到这儿，湘玉不由得回头看了一眼。后排坐了好几个女孩儿，说话的女孩儿十七八岁，好好的一头烫发，却用两个粉红的蝴蝶结在靠近耳鬓的地方左右各扎一根辫儿，不伦不类的。后面有一个座位空着，她不坐，却站在台阶上，手抓着吊环，半个身子悬浮着。下面那位坐着，正仰着头听她说话。"他没正心儿，趁早跟他断了！"见湘玉转头看，坐着的那位低了头，没言声儿。那位又说："就你这前怕狼后怕虎的，可不敢……"可能怕别人听见后面的话，她俯下身，在那位耳朵上嘀咕。

没爱过的人才能说出这种潇洒的话。湘玉也想撒开手，就当哲夫是无话不谈的朋友得了。可是，薛美毫无遮拦地向他示爱，她的醋劲就是下不去，却又得装出满不在乎的样子。吃饭时，见薛美吃她的醋，她反过来逗他说："看看，我们薛美看上你了。"这句话好像说到了哲夫心坎儿上了，他不自觉地冲薛美笑，还点了一下头。

爱情篇

她又说:"你这堆牛粪还真有女人缘儿。"

哲夫说:"没缘儿,有啥缘儿,交往这么久,你这朵鲜花也没插在我这牛粪上,我和薛美才认识几天?"

如果那时她多说一句话,比如,"是你这堆牛粪不想养咱这朵小花罢了"。这么一来,说不定哲夫会倒向她这边,毕竟她是相亲对象。没这么说,他就该跟薛美走?一股酸楚涌上来,湘玉闭了眼。如果薛美吃饭时没耍性子,她也不会给他俩单独在一起的机会。吃罢饭,去滑雪场时,她借口说家里有点急事,得回去。她离开,薛美高兴也就罢了,想不到哲夫也那么高兴,好像她是灯泡,妨碍了他们似的。那时,她很盼哲夫说"你不去,这雪就滑不成了,不行改天吧"。假如他这么说,她会装着给妈打电话,把家里事安顿一下,跟他们一块儿去。这以后,她打算再不领薛美来了。

湘玉正迷糊着,身后突然传来一声尖叫:"呀!你吃饱撑的?这时候咋能让他碰?要是有个大灾小病还不是你遭殃?"不用回头,湘玉就知道是那位打扮怪异的女孩在喊。

这一喊,湘玉读出了一个故事:被责备的女孩来了例假或是打了胎,男友又碰了她。

她们才多大点儿?十七八岁?最多二十!咋像过来人一样?湘玉算了算,她这么大的时候,对男人有好感也捂着掖着,什么时候这么开放过?

后面几个女孩子还在嘀咕,听不清在说啥,但分明是在争论。小后生坐在油箱上,借着前面的亮光在数钱,他数过来数过去,一沓子钱来回数了三次。雨刮器嚓嚓地刮着,雨好像下大了。

小后生咋不拉客了?湘玉看了前面一眼,一下子蒙了。虽说天越来越黑,但进了市,外面应该有灯啊,咋黑得像墨?湘玉噌一下站了起来。

女人正打盹儿,见她站起来,也跟着站了起来,边站边抹着嘴角说:"到了?"

湘玉冷静地问:"到哪儿?"

女人说:"十七矿。"

湘玉没说话,重新坐下,说:"没到呢,还得一阵儿。"

这一刻,她完全清醒了,她坐反车了。现在,车正走在前不着村后不着店的山沟里,这时候下车,只能喂狼。

她对十七矿不陌生,每年快过年时,市里人都要说,上街小心小偷,十七矿的"混混儿"又该进市了。她听说矿区有"窑子",名着是旅馆,暗着却是不正当经营的"黑窑"。她想不通那些女人咋那么放得开,竟然把挣那种钱当作乐事。她一直很保守,薛美说她的婚姻就输在保守上,男人根本不喜欢她这种女人。

湘玉想,既然坐反了,就反着来一次吧。她拿出手机拨通了哲夫的电话,这是她第一次主动给哲夫打电话。

哲夫边支吾着,边嘿嘿嘿地笑,好像正跟人说话似的。

她抱着手机没说话,泪又无声地流了下来。

哲夫收起了笑,说:"湘玉,怎么了你?说话啊!家里有大事?"

"没有。"

"吓我一跳,我以为你遇到绑匪了。有事?"

"嗯,你在干啥?"

"喝茶啊!跟薛美在我家喝茶。"哲夫的声音低下来。

她的头嗡一下大了,然后挂了电话。

跟她预料的一样，他们在喝茶。这么晚了，一对男女在屋里喝茶，能没别的事？如果有了，她跟哲夫从此就算断了。她跟前夫就是这样离的。前夫有了情妇，她得知后，硬是跟他离了。她的泪又流下来，心猛地疼了一下。

电话响了，是哲夫打来的。

她接起电话，刚应了一声，声音就哽咽了。

哲夫说他们喝了两小时茶了。哲夫的声音很小，然后，她听到咔嗒一声，好像是关门的声音。紧接着，哲夫说，薛美说她丈夫已经半月没回家了，在他自己开的花岗岩厂养着一个女的，她装着不知道……

看来，薛美只是她的朋友，并不是知己。这事儿，薛美没跟她提过，薛美在她眼里是有钱的阔太太，幸福得流油呢。

电话那头，哲夫说："你和她要的不一样，我知道，都是过来人，我怎么能连这也不清楚？你是考验我还是往外推我？"

她唔唔地哭出了声儿。知道车上的人都在看，但她顾不了那么多了。

哲夫说："她也在哭，哭得好伤心。"

她说："你送她回吧。"

哲夫说："我正跟她说呢，我开玩笑说，你在这儿待得太晚，我可找不上好女人结婚了。"

"她呢？"

"她没说啥，哭过好像心情好点了，也显得沉稳多了。"

听哲夫这样说，她的心忽然亮了。她说："我在十七矿，给我妈办了点事，误车回不去了。你来接我吧。"

说罢，她长出了口气。

哲夫说："啊，这么晚了？你待在那儿？好、好，你先找个安全的地方待着，我马上就去，记着，别乱走，那地方……"

她听出了哲夫的急切。挂了电话，她的心情渐渐明朗了起来。她想好了，哲夫来了，今晚她就把他留在十七矿，不回去了。将来的日子就从今晚开始吧。不管咋样，也算是对自己有了一个交代。

已经九点多了，车还驶在一片漆黑里，对面的车驶过来，一股光影在小后生脸上划一下，明一下又暗了，暗一下又明了，好像她的心情。想着即将面对的，湘玉的心也像遭车灯照了一样，暗了又明了，明了又暗了。

家庭篇

JIATING PIAN

老伴儿

日头刚偏西,齐奶奶就坐在小红桌边酌上了小酒。后半辈子,齐奶奶爱上了这一口,喝得不多,却离不了。齐奶奶想起了老伴儿,那时候,他俩还不算老,盘腿坐在小红桌两边,他喝,她看。酒是烫过的,菜是自家园子里的,青椒、西红柿、青菜……,想吃什么摘什么,吃不了,就分给街坊邻居。那些年,小半个村子的饭桌上,都摆着她家菜园里的蔬菜。老伴儿勤快,每天担几担水,除非下雨天,从不间断。青菜、香菜、西红柿喜水,应当多浇;葱和韭菜呢,少浇点好。

以前,她把腿往桌下一伸就能碰到老伴儿,现在一伸腿,却是一片空。人没了,酒杯是要摆上的。白瓷花边酒杯盛酒,齐奶奶喝了两杯,把对面那杯也喝了。

三个孩子,大儿子、二儿子、小闺女,各有各的家,各忙各的。老伴走后,孩子们怕她孤单,周末一起回来陪她。回来了,他们也是各忙各的,这个打完电话那个打,都是谈工作。就好像他们一回来,工作上的事就跟回来了。有时候,兄妹几个还跟老大取经,问这个事咋应付,那个事咋解决。有的事,老大也想不出点子,就说等等看。这时候,闺女就直叹气,说连大哥都想不出法子就真没法子了。齐奶奶的心一疼,想插个话,帮个忙,问问他们工作上的事,教教他们咋处理。可刚一张口,孩子们就一起笑。闺女呢,就像摸孩子似的摸着她的头说:"娘啊,您就别问了,您呢,吃好喝好身体好,就帮我们大忙了。"在他们眼里,她哪是他们的娘,哪是他们的靠山?小时候,他们眼里的娘可不是这样。现在,以孩子们的话说,她老了,返老还童了,说话都带孩子气了。儿女们嫌她孩子气,孙子们小啊,大的不过十八九,小的也就五岁半,可孙子们照样跟她没话讲。三个孙子一个外孙,见了面,互相说不了三句话便开始各玩各的手机。想跟他们说说话,她问一句,他们答一句,答得心不在焉。

孩子们来了,家里、院儿里都是人。热闹是热闹,可齐奶奶还是孤单。大儿子长得最像老伴儿,鼻子,嘴,眼睛,哪哪儿都像,齐奶奶不由得多看几眼。

吃饭时,孙子、外孙的话倒多起来,可他们净说些不着边际的话。大孙子说他打通了关,话里话外都在显摆了。外孙说,他抢了三个红包,发了五个红包,一群人忙得炸了窝。齐奶奶就插嘴:"炸了窝?你舅们只顾聊天,没给你发红包啊。"这一说,一家人又笑。五岁半的小孙子就说:"奶奶,您不懂就别说。好好吃饭,长大了就知道了。"这一说,一家人笑得更厉害了。热闹,真是热闹。可是,齐奶奶感觉像被蒙了眼睛似的。孩子们怕她吃不好,这个夹菜,那个夹鱼,她的碗里总是满满的。孙子们谈孙子们的话题，儿子闺女谈儿子闺女的话题，哪一个话题她都插不上嘴。真正闭嘴吃饭的只有她。她想起了老伴儿。这哪像吃饭，和老伴儿边吃饭边家长里短地唠嗑才叫吃饭。

今天是周三，孩子们还得三天才来，齐奶奶想好好陪老伴儿喝几盅。

下午，小稀奶奶送来了半块豆腐，柱子妈送来了一把香葱。香葱拌豆腐，香葱炒鸡蛋，都是老伴儿以前爱吃的菜。以前，齐奶奶不爱吃，总觉得香葱味儿怪怪的，老伴儿爱吃。老伴儿喝酒就香葱，时不时，筷头还要伸到臭豆腐罐里。她就笑，说臭的和香的搅和着吃，是臭呢还是香？老伴儿就说，臭豆腐闻着臭，吃着香。说着，就伸出筷头让她尝尝。他让她尝了好几年，她就是没喜欢上臭豆腐。他走了，她却馋上了这口。

齐奶奶酌口酒，尝一口香葱拌豆腐，再酌口酒，用筷头沾点臭豆腐。边吃边喝，她就把一天的话跟老伴儿聊了。

"你说，地里的葱咋起虫子了？"

齐奶奶看一眼对面的空碗。

"你也忘了？也有你忘的事？跟你说，我把麦秸秆烧的灰洒上去了，这不是你教我的？"

"柱子家杀猪了，你要在，我就把猪下水给你买了，你会做，也爱吃。你不在，我也懒得做。"

"你不在，我把韭菜连根挖了种了白菜。韭菜没那么多人吃，割一茬扔一茬，白菜呢，能放窖里存着。还有那片种香菜的地儿，我在上面栽了葱。香菜费水，吃的人也少，葱呢，晒干了也能存着。我种的葱够左邻右舍吃一冬。香菜只有柱子妈一个人爱吃。我知道，只要柱子妈爱吃，你就栽。这是你说过的。"齐奶奶看着对面摆放的空碗，说，"死鬼，你靠这小伎俩想逗我骂你？我还不知道你那点鬼心眼子？"说着，她又端起小酒盅喝了一口。

这时，西天红彤彤一片，阳光打在白云上，像燃烧的棉花，白里透着红，红里映着白，真是好看。夕阳挂在西山尖上，从西山坡下来的人便像从画中走来一样。西山坡上的羊，个个肚子滚圆，它们咩咩叫着往山下冲。夕阳照在它们身上，也是白里透着红，红里透着白。那一只只羊就像从天上落下的白云。有歌声从白云深处飘来，还有笑声、嚷叫声、男男女女的斗嘴声，呵，劳动了一天的人多么快乐啊！这是一个多么温暖的傍晚！

女人做好了饭，站在小院里，踮起脚尖向西望，待望见自家男人，就急忙喊一嗓子。这一喊，羊肠小道上的人就加快了步子。

这样的傍晚，齐奶奶没有要等的人。

这样的傍晚，齐奶奶习惯喝酒。喝多了，就觉得眼前有人影，齐奶奶说："回来了？回来了就上炕坐吧。以前斗嘴能把我气死，你那犟脾气，守住一个理儿，十头牛拉不回来。放棵白菜也得吵半天。我要放灶坑边，你要放后炕。咱们就吵啊，争啊。多大点事儿啊！白菜放后炕上，孩子们回来咋坐？老大吃饭不会盘腿，就爱往后炕被跺上靠。他端着碗伸着腿，一个人就能占一个后炕。你也不容我说，三下两下，抢着白菜就堆到后炕了。我呢，懒得跟你讲，就背着你，再把白菜倒腾到灶坑边。你嘟囔个没完，待听清楚，才知道你是在夸我，说还是放在灶坑边整齐。呵呵呵，每次吵完，你都说我对。我认死理儿的脾气都是你惯的。你个死鬼，老死鬼。"齐奶奶冲着模糊的人影笑笑，头一歪，靠在被跺上打起了呼噜。

齐奶奶72岁了，身体一点毛病也没有。前几天，闺女领她做了全身体检，血检、彩超、尿检、胸透……老伴儿是患肝癌走的。闺女说，要是早给爹做个全身体检，说不定他能晚走几年。齐奶奶倒不是多想体检，但她不能拗了孩子们的心意。

孩子们把对父母的孝心都放在了她一个人身上。他们在城里给她买了房子。那房子在一楼，不用爬楼梯，还带个小院。她喜欢种菜，孩子们帮忙把小院添了土，让她种。浇水也方便，一根管子接进小院，一拧水龙头就能浇地。可是，那菜，浇多少水也不长，有的只长叶子和杆，该开花时不开花，该结果时不结果，齐奶奶种着种着就没了兴趣。

那段时间，没滋没味，好像是在过别人的日子。儿子单位的人时不时来拜访，拿来各式各样稀奇的礼品。一个礼拜，她收了十几份礼物。老大来了，她拿出来让老大看。老大问这是谁送的，那是谁送的。她也说不出来，老大就笑着说："您想吃就吃，不想吃就放着，想吃啥您就说，我托人买。您跟我享福，我工作才有劲儿，看看我爹……"老大哽咽了。老伴儿死的时候，老大不在跟前，这是孩子的一块心病。老伴儿临咽气还喊着老大的小名："柱子，柱子……"最后一句，她趴在老伴儿耳朵边听清楚了，"让柱子回家种菜。"她告诉老大时，老二和闺女就笑，说爹死时糊涂了，竟然让大哥回家种菜！老大呢，突然就大哭起来。其他人劝老大别再哭了，她不劝，只说："哭吧，哭吧。你爹死你都不在跟前，不管你多孝顺，你爹也没指上你。"老二和闺女就帮忙，说哥很忙，管着几千号人，不是说走就能走的，要不是大哥，他们兄妹俩还不知道在哪儿受罪呢。

后来，不知怎么，老大单位的人竟然空手来了。他们走时给她一个信封。她问人家叫啥啊，人家就笑，有的还掏出笔把名字写在了信封上。她觉得欠人家的，就把家里的口服液、营养品啥的给人家，把人家搞得诚惶诚恐。老大来了，说信封里的钱不能收。闺女来了也说，二小子来了还说。这下她为难了。平时，她说什么也不收别人给的信封，没想到，关门时，来人啪一下把信封扔进家了。她怕了，怕人来，怕人敲门。可是，人还照样来，门还照样被敲开，送礼的、给钱的，她不收，人家就一脸失望。这一下，她就担心起儿子来。她想跟大儿子好好聊聊，她想告诉大儿子啥是她想要的，啥是她不想要的。她还想告诉大儿子，这样的日子过得累。可是，她没机会跟大儿子聊。

她闹腾着回村种菜，孩子们拗不过她，就在菜园里打了井。菜园里有井，在村里，她家是第一户。回了村，她的心略微宽松了。村里人都说她有福。福是什么？有吃有穿？如今生活条件好了，谁家也不缺吃穿。孩子们拿来的东西是稀罕，她吃得下吗？吃不下！尝尝倒可以，但哪有自己做的小米粥、拌小菜好吃！孩子们给她买的名牌衣服，村里人只说贵，没一个说好的。再说，人人都穿着三四十的衣服，她穿着三四千的衣服，这不是故意显摆么？

年轻那会儿，她盼着享清福。现在她确实享清福了。吃，不用她操心；穿，也不用她操心。羊圈没羊，鸡窝没鸡，猪呢，孩子们更不让养。孩子们还给她请了个保姆来帮她料理一日三餐。以前，她五点就起来抱柴、做饭、喂猪、喂鸡、赶羊、放牛，那些年，日子好像很短，一转眼，孩子们就长大了，成家了。有老伴儿陪的那几年，她数着日子过倒也很快乐。一天，一天，数够五天，孩子们回来一次。老伴儿走后，日子突然就变长了，一天比一天长，一年

家庭篇

比一年长，过日子就成了熬日子。享清福还真是熬煎！说起享福，她有时候倒羡慕小稀奶奶，小稀奶奶的闺女、女婿，儿子、媳妇在一个村待着，家里一天都有人。小稀奶奶呢，像佘太君，她说啥，孩子们听啥。孙子们没手机，成天围着她听故事。啧啧，她那故事讲的，牛头不对马嘴，可她的孙子、外孙爱听。自己肚子里一大堆故事，讲给谁听呢？没人听。孙子、外孙肚里的故事比她的还多。上次，小孙子硬缠着他妈讲故事。他妈呢，正给一家人准备午饭。她就拉过小孙子给他讲了个故事。

"在很早以前，有一个村子。村主任觉得人一老就没用了，还得人照顾，就下了命令，村民一到60岁就要被活埋。有一个儿子孝顺，他娘到60岁时，他偷偷把娘背进山里藏了起来，骗村主任说已经把他娘埋了。这一年，村里闹饥荒，有一种很奇怪的动物，成群结队，打不净，灭不绝，把庄稼祸害得不成样子。这种动物的眼睛小，嘴巴尖，像老鼠却比猫还大许多，村里没一个人知道这是啥动物。眼看村里庄稼被祸害光了。那年头，庄稼没了，全村人就得挨饿，不知要饿死多少人。孝顺儿子把一只打死的动物拿给娘看，他娘说，这就是老鼠，村里养猫就行了。他娘的一句话，救了一村人。后来，村主任觉得60岁的老人虽说动不了了，可还能想出点子来，就不让人活埋了。"

起初，小孙子还认真听，听到最后，突然就笑了起来，说："还有活埋父母的孩子？还有不认识老鼠的父母？奶奶什么也不会做，讲故事也是在骗小孩儿。"

活着活着，她就成了什么也不会做的人了。其实，不是她不会做，是孩子们不给她做的机会。有时候，她就觉得自己像大儿子收藏的古董碗，只是个摆设。

人死后到了哪里？老伴儿走后，她常想这个问题。她觉得人死了魂还在。在哪儿？在想念他的人心里。她一想老伴儿，老伴儿的音容笑貌就出来了。有时候，她还能跟老伴儿对上话。有一次喝罢酒，歪头睡了，她听老伴儿说："咋不脱了睡？不冷啊？"她就醒来了，感觉凉飕飕的。她铺好被褥脱了衣服钻进去，对着黑乎乎的地方还说了一句："你忙你的，我歇了。"

老伴儿是个能耐人，能看地种田，也能看天种地。老伴儿种的地，年年都有好收成。那几年种瓜，别人家旱涝都不收，他家的瓜却结得有脸盆大。到了收瓜季节，怕人或牲口祸害，她就陪老伴儿住在瓜棚。瓜棚热，他们就出来，躺在瓜地里看星星。那时候，她还不知道坝上草原的星星和城里的不一样，以为天下所有的星星都一样，密密麻麻，宝石似的在头顶闪着。躺在地上抬头望天，就好像躺在一个缀满宝石的大锅下。起风时，她想喊老伴儿进瓜棚睡，只听得沙沙沙的声音，还听得一个人问另一个人："这两人躺在这儿干啥？"她一惊坐了起来，却发现什么也没有。他家瓜地远离村庄，后靠着山，前面是一片树林。半夜三更来了人，怎么突然就消失了？早晨也没见瓜地有脚印。老伴儿说她听到了阴间的对话。这以后，她就怕了，再没跟老伴儿分屋睡过。老伴儿偶尔出趟远门，她一个人睡在家里，半夜醒来，就用被子蒙在脑袋上，一捂一头大汗。闺女听说后就笑她，说她越活越娇气，越活越成了小丫头。她不告诉闺女瓜地里的事，也不让老伴儿告诉，她怕闺女就此也怕了黑夜。老伴儿查出肝癌后，反反复复给她说，瓜棚那件事，是他吓唬她的，人哪能听到阴间的对话。她说真不像人跟人的对话，人的说话声是横着来的，跟风似的，可是，那声音像雨，是从空中飘来的。老伴儿犟不过她，就说："就按你说的，是阴间的对话。阴间的对话就怕了？人和鬼不一样的地方就是一口气。就像气球，吹起来了。身子里装着那口气的，就是人。放了那口气，立不起来，就剩下一副皮囊了，那就是死了。你还怕副空皮囊？"她说："不是那么个事儿，人在阳界，鬼在阴界，阴阳相隔，不是一口气的事。"老伴儿犟不过她，也不再嘟囔，就那么宽厚地笑，就像面对一个无理取闹的孩子。老伴儿死的时候瘦得就剩下一副皮囊了。即使那样，她也贴着他睡。

老伴儿走后，她还睡在那个地方，突然间，却什么也不怕了。

正迷糊着，就听院里有人喊："娘——"像大儿子的声音。上高中那会儿，大儿子两礼拜回来一次，一进院儿，先喊一声娘。闺女呢，不管什么时候回家，都跑着进屋，像风一样。二小子稳，见她在家，进门该干啥干啥，她不在，就冲屋里人问："我娘呢？"为这，老伴儿还吃醋呢，说孩子们一进门先找娘，没一个问爹的。闺女就问："那爹一进门先找谁？"老伴儿脱口说："你娘啊。"一家人就笑。这些天，她老想孩子们小时候的事儿。又不是周五，大儿子咋能回来？就是回来，也不会站在院儿里喊娘。齐奶奶睁了下眼，发现天暗下来了，换了个姿势又接着睡。

"娘，吃饭了？"

"娘，娘，咋这么早就睡了？"

真是大儿子。他站在炕沿边，指头上套着一把钥匙转着玩。她一下就懵了，多少年了，大儿子什么时候自己回来过？不管去哪儿，他还没动身，早有人来等着了。老婆孩子等着，弟弟妹妹等着，单位下属等着。她这个当娘的也是等他的对象。就是没人等着，这些年大儿子也没一个人踏进过家门，不是单位人陪着，就是孩子老婆、弟弟妹妹陪着，最次也是司机把他送来，吃了饭，司机再把他接走。有时候，还有两三个陌生人陪着。他们跟老二和闺女都认识，来了就留下吃饭，说是陪老人乐和乐和。其实，借吃饭的工夫，他们嘻嘻哈哈就把工作谈了。他们这个巴结地喊她姨，那个懂事地叫她婶儿，这个敬酒，那个夹菜，那样子，像是在孝敬他们的亲娘。老大呢，就看着她笑，好像人家这样巴结他娘，他脸上很光彩。闺女和二小子的脸上也难掩得意之色。她呢，让几个陌生人这么捧着，心里很不自在。她总想找机会跟大儿子唠唠，劝劝大儿子。可是，大儿子从没给过她单独待的机会。

今儿是咋了？大儿子咋自己回来了？齐奶奶睁着一双惺忪的眼睛看着他，有些吃惊。

"娘，快起来做饭去，我想吃抿豆面。"齐奶奶眼睛潮了，就盯着儿子看。屋里麻黑，她只看到一个人影，那身高、体型，甚至是身子向前倾的姿势，太像老伴儿了。

大儿子啪一下把灯打开。"娘，你是不是没睡着？是不是又为省电故意不开灯？"等看到小红桌上的酒菜，他脸上有了笑意，说，"又喝了二两？"然后拉着她的手说："娘，起来，我想吃抿豆面了。"

大儿子突然变成了孩子。齐奶奶也像回到了当年，身上满是力气。

她在地上做饭，大儿子躺在床上跟她聊天，他竟然问起了菜园。他问韭菜割了几茬了，还说园子里的韭菜炒咱家的土鸡蛋才好吃。她说："娘给你炒。"说这话时，齐奶奶突然想起自家没鸡，韭菜也连根拔了。一失望，心就蹦蹦蹦乱跳起来，想马上去小稀奶奶园子里割点韭菜。

大儿子又问:"娘,小时候吃的猪肉咋那么香?"

"村里喂猪不用猪饲料,用泔水、山药、苦菜喂出来的猪,肉就香。娘明天就去买头小猪,隔年宰了给你们吃。"大儿子竟然"嗯"了一声。这话,她以前说了不止一次,她一提,大儿子就说:"养什么猪,现在大家不是有脂肪肝就是有高血压,谁还敢吃猪肉?您把自个儿身体照顾好就给我省事了。"

今儿个,大儿子这是咋了?

"娘,又不是没得吃,你为啥想回家种菜?"

"过惯了。"

"城里楼房不好?"

"好,住不惯。"

"咋住不惯?"

"你单位的人能把门槛踢平。不是一家人,让人家围着咱转,不舒服。"

大儿子不再接话,说了句:"娘,抿豆面多放点辣椒。"

"行,娘给你做。等着。"

大儿子头一歪,脸冲着墙睡了。

"你困了?听娘说,钱那东西没个够。人呢,就那么大个胃,装不进多少东西。穷人也好,富人也罢,就那么大的胃,只是富人心大,贪心大。儿啊,贪心再大,身上也就穿那么几件衣服。东西再多,胃里也只能装碗大一堆饭。鱼也好,肉也罢,吃得多了照样会撑着。"

大儿子面朝墙一动不动,只听得浓重的抽动鼻子的声音。她问:"儿啊,你是不是感冒了?"大儿子不再抽动鼻子,像睡熟一样。齐奶奶叹了口气闭了嘴。

几年来，她没单独跟大儿子说过话。孩子们都把她当老人一样宠着、爱着、孝顺着，没一个人要求她做一位母亲该做的，想一位奶奶该想的。就连五岁半的小孙子也把她当照顾的对象。老二和闺女，大儿子能照顾到；孙子外孙，儿媳闺女能照顾到。一大家子人，没有需要她操心的。其实，她有好多事能做，比如搓莜面。闺女、媳妇只会用机器压，她呢，能用手搓，一手四股。机器压出来的能有手工做的好吃？以前，大儿子爱吃推窝窝，二小子爱吃搓鱼鱼，她就做一半笼搓鱼鱼，一半笼推窝窝，孩子们吃得很香。那会儿，她做饭的兴致很高，变着花样给他们做。看着孩子们小狼一样围着饭桌吃饭，她迟迟不想动筷子，怕自己埋头吃饭误了看孩子们的吃相。孩子们吃得越欢，她的心跳得越欢。刚吃了这顿饭，她就想着下顿饭该做啥。

大儿子突然自己回来，突然像小时候一样需要她，像绷紧的橡皮筋归位了似的，她感觉日子又回到了以前，又那么有滋有味了。边做饭，齐奶奶边盘算，明年，她要把那片葱地再种成韭菜，韭菜籽种就跟小稀奶奶要。对，明天一早就给她说，今年得多留籽种，明年，她要种一大片韭菜，后年，一家人想怎么吃就怎么吃。

现在，她要把日子重新过好。孩子们再回来，她给他们搓莜面、搓山药鱼、抿豆面、炸糕、炸油饼，给他们炒土鸡蛋、包韭菜馅饺子。菜呢，孩子们想吃啥就进院子里摘啥，啊呀呀，哪样儿都带家乡味，哪样儿都能让他们想起小时候。人齐的时候，大家就围在一起包饺子，擀皮的擀皮，包饺子的包饺子，做菜的做菜，炖鱼的炖鱼，边做边聊天，边做边说笑，那才有居家过日子的热乎劲儿。

闺女和二小子如果不让做，怕她累着。她就说："不行，你哥爱吃娘做的饭，做给你哥吃。"只要是大儿子同意的事，闺女、二小子、媳妇、孙子、外孙没一个反对的。明年，孩子们回来，她就有的忙了。

明年，她要把猪养好、鸡养好，把地里的菜种好。齐奶奶知道，以她现在的身体状况，干这些活一点儿问题都没有。

齐奶奶很轻便地跳上了石头墙，进了小稀奶奶家的院儿里。像年轻时一样，齐奶奶边走边哼唱《沙家浜》。

从小稀奶奶家回来，齐奶奶惊呆了，大儿子不在屋里。出了院儿，她看见大儿子痴呆呆地站在车旁，手把着车门，那样子，像是要走又像是要锁车门。齐奶奶的心咚咚跳着，她怕失望，不敢张口问大儿子要走还是要留，就那么微微佝偻着背，望着大儿子。

大儿子突然走过来，把她抱进怀里。他紧紧地抱了她一下，又抱了一下，刚松开，又突然抱紧了，这一抱，半天没松开。大儿子一米八，她一米五，大儿子曲着腿、弯着腰抱着她，像一只弯曲的大虾裹着一粒小石子。抱了一阵儿，大儿子松开手，低下头，想埋进她怀里似的，他弯啊弯，头碰到她胸口时，却猛地跪在了地上。

"儿啊，你咋了？"

大儿子把头埋进自己胸口，肩膀猛烈地抖动着。

"儿啊，地下凉。你都50了，咋还让娘操心！"

"儿啊，你妹和弟呢？他们咋没一块儿回来？"

大儿子没说话，一直跪着。齐奶奶把大儿子的手机拿过来，她先拨了二儿子的电话，电话关机。她又拨了女儿电话，电话也关机。她想给儿媳妇打，可她不知道儿媳妇的手机号。她先盯着手机看，再盯着儿子看。突然，齐奶奶觉得不对劲儿了，大儿子的肩膀抖动得太厉害了，好像憋着一顿号啕大哭。

齐奶奶头皮一阵发麻，她慢慢地蹲下去，把大儿子的头抱过来，捂在自己胸口，一把一把摸着儿子的头。大儿子刚到50，头发都花白了。72岁老母亲摸着50岁儿子的头，摸了一遍又一遍。

"儿啊，还没到给娘送终的时候，咋跪着不起了！"

"儿啊，娘才72，还有十几年活头呢，你要给娘好好的啊！"

"儿啊，娘明年要养鸡、养猪、种韭菜，你回来想吃啥娘给你做啥，你得回来啊！"

"儿啊，你爹让你回来种菜，你爹的心思娘懂，你也懂吧。"

"儿啊，娘早就想跟你们叨叨了，钱那东西，少了不行，多了更不行。娘早就想跟你说了，娘啥都不稀罕，娘稀罕的就是一家人健健康康、团团圆圆，可你们不容娘说啊。"

天黑了，各家都开了灯。各家的饭味儿传到街上，碗筷磕碰的声音传到街上，大人孩子说说笑笑的声音传到街上，温暖的灯光打在街上，整个小村庄像见到母亲的孩子，也活跃、温暖起来。小村庄的晚上是活着的，是带着呼吸和人气的。小村庄的街上一个人也没有，但小村庄的晚上是热闹的。

齐奶奶家大门外，宝马车和土院墙的中间，一高一低两团黑影紧紧地依偎着。

一声狗吠声传来，齐奶奶知道，有陌生人进村了。

家庭篇

赌 气

听说男人病了,女人的脸抽了一下,好像无故挨了谁的巴掌。儿子倚着门框,蹲在地上,手插在乱发里,下巴抵着膝盖,说:"病得不轻咧。"

女人身子抖了一下,把手里的针线收了,直愣愣地坐直了身子。

女人狠狠地说:"死了才好!狼心狗肺的东西!"她说完一怔,立马冲院里觅食的花公鸡吐了一口,紧跟着,又呸呸地吐了两口。女人很迷信,以为说了不该说的咒话,吐三口唾沫就能收回来。

唾沫打在石板上,花公鸡扭着肥嘟嘟的屁股,嘣嘣嘣地啄着。

女人用手背很用劲儿地擦了一把嘴角。儿子看到,女人黝黑的下巴上白了一道,像飞机滑过留在天空的烟。

儿子眨巴一下眼睛,低下头,没言声儿。

儿子是闷葫芦,这一点,女人知道。

太阳暖暖和和地照在女人身上,女人把手罩在眼眶上,望了眼天。天亮堂堂的,远处有几朵飘浮的云。儿子脚下的土有几道湿印子,儿子在掉泪?女人的心一阵颤抖。

做饭时,女人的耳朵里老响着那句话,"病得不轻咧——"。这句话把女人的心搅乱了,女人犯迷症似的,舀了半碗米,本是要淘,却唰一下倒进了桶里。水面飘着一层米。

女人提着桶出了门,水桶来回摆,女人的腰身也跟着扭。唰——,女人把半桶水倒在院儿里,浇在几只觅食的鸡的身上。鸡咯咯咯叫着,扇动着翅膀乱跑。天女散花似的,米撒了一地。没一会儿,鸡又齐刷刷地,头挨着头,屁股蹭着屁股抢着啄食地上的米。

儿子始终低着头。

女人伸出手,在儿子的肩上拍了拍,说:"进家,咋还不进家了?"

儿子耸耸肩,扭扭身子,没言声儿。

儿子的心思女人猜到了,他不就是想去看他老子吗?

儿子的心思女人知道,可女人的心思儿子咋就猜不透呢?儿子是不是以为,女人跟男人真有仇了。其实,哪能呢!一日夫妻百日恩,何况他们已经结婚 18 年了。

女人又拿起针线,夹着坐垫出了门。女人拿起针时,手抖得很厉害。

刚坐下,儿子又说:"病得不轻咧——。"她的心针扎似的疼。

儿子说出这句话后,就再也没言声儿。儿子闷着不说,就是对女人最大的反抗。女人知道,儿子在怪她,怪她不让他去看他爹。可是,儿子哪知道她的苦处。她能跟儿子说,他要是去看了,他爹可就真不回来了吗?不能说,不能让儿子知道他是爹娘和好的金窝窝。男人不服软,她绝不松口。自个儿男人的那点德行,她太清楚了。男人不爱跟人交往,但很顾家,是守着孩子老婆热炕头过日子的主儿。这种人离家出走,女人倒要看看,这气他能赌多长时间。可是,为什么他说病,就一下子病重了?

女人坐不住了,好像被针扎了屁股似的。她站起来拿着东西往屋里走,过门槛儿时,差点摔倒。

女人巴望儿子进屋,儿子却蹲着,一动不动。

"进屋。"女人说着,用脚踢了踢儿子的屁股。

儿子蜷缩成了一堆,膀子颤得更厉害了。这下,女人真的急了。女人冲儿子喊:"咋的啦?咋的啦?"

儿子说:"厉害得不行了。"

女人身子抖得更厉害了,只觉得有星星从眼睛里往外蹦,越来越多,越来越多。那么多星星把女人眼前堵成黑的了。女人进屋,扶着炕沿站着。

"娘,你咋就死心眼呢?咋还硬往死了恨人呢?"儿子擤了下鼻涕,瞪了娘一眼,像跟娘有深仇大恨似的。

"奔四的人了,咋还钻牛角尖?"隔着敞开的门,儿子背对着女人,"花公鸡和几只母鸡一块儿进了院。鸡还懂得结伴儿呢,瞅瞅!"儿子指着鸡跟娘说。

类似的话,儿子说了半年了。自打男人走后,儿子就用这话开导她。

儿子把光秃秃的山头都说绿了,却还是那几句,也没变出个新花样来。要说新花样，就是刚才那几滴泪。儿子流泪，着实把女人吓了一跳。

女人不耐烦地冲儿子嘟囔。女人想听听男人到底咋了，可儿子偏偏不提正题。

儿子把头重新埋在膝盖上，一动不动。

刚才还是晴天，过了一阵儿，天就阴起来了。女人双膝跪在炕边，两脚磕磕土，盘腿坐上炕。

透过窗户，女人看到橘子家的烟囱嗵嗵地冒着烟。再远处，有一座大山。山上树林里有人影，是砍柴的学生。男人走时，粮入仓了，山药入窖了，闲下来的山里人，说闲话的说闲话，玩牌的玩牌。这些女人都不爱。女人除了上东梁，很少出门，炕上、地下、院子里，就是女人的整个世界。学生上山砍柴，是半年来女人看到的最热闹的场面。隔个十天半月，学校就让学生们上山砍一次柴。学生上山砍一次柴，女人就在墙上划一道杠，半年，女人共划了14道杠。男人出外打工是为了供儿子到城里上高中。山里没有高中，唯一一所初中还跟小学在一个院儿，男人说这山里的学校不像个学校的样子。男人第一次外出，儿子正上初三。那天，儿子也上山砍柴。儿子上山砍一次柴，女人就嘱咐他："甭在崖上砍，崖上的树枝看着稠，下面腾空着呢，一不小心，人就会掉到崖下。"女人嘱咐儿子多次，可儿子还是从崖上摔了下来。山里人耐摔打，儿子没啥大碍，只是左腿使不上劲儿了，跟女人救下的那只兔子一样。那只兔子是从半山崖上摔下来的，也是拖着腿走。女人把它抱回家养了二十多天，兔子又欢蹦乱跳了。女人想，儿子腿使不上劲儿，养养就没事了，所以，她就没给男人打电话。打一次电话也得花几块钱呢！没想到，儿子在炕上养了半年，腿上的筋养抽巴了，

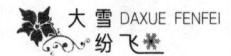

能走是能走了，却是一瘸一拐的。瘸了后，说死说活，儿子怎么也不登校门了。男人为挣钱出了山，上学的儿子却停了学。

画第一道杠时，女人盼着学生再砍柴时，儿子的腿能好。画第十道杠时，女人盼着男人回来。

想起遭心的事，女人眼睛湿了。

儿子在拍衣服，"啪啪啪——，啪啪啪——"，儿子的腿瘸了，但爱干净，每次出门，总要使劲儿拍打身上的土。

儿子走到了前院。

"哪儿去？"隔着窗户，女人问。

"转转。"儿子往外走。

女人的嘴动了一下，没说话。其实，女人想听儿子说去大同。男人在大同十二矿挖矿。以前儿子一提去大同，女人就说："去吧，去了甭回来，跟你老子一块儿过吧。"现在儿子却闭口不提。儿子不提，女人像受着大煎熬似的。

女人冲儿子的后背喊："麦根儿，麦根儿……"，她想让儿子站住，儿子就这样走了，她自个儿不知道咋办。

可是，儿子还是走了。

女人坐在炕上，望着渐渐阴沉的天，想着男人。她始终想不明白，一个大男人赌气出门，咋反倒有理了？

下雨了，雨点儿稀稀落落的，雨滴很大，打在泥地上。雨点儿打在晒着的白菜上，叭叭叭地响。

女人把院里晒的白菜收了，又往灶坑儿抱了抱干柴。等拾掇好院子，雨下大了，风也刮大了。

女人打着伞出了门。

雨好像不是从天上来的，而是从前面让风吹来的。伞一点儿用也没有。雨从前面刮到女人身上，女人把伞撑到前面，伞面却被风吹得变了形，女人把伞扳回原位，收了起来。

伞是男人从山外带回来的。男人带回来这个洋玩意儿时，儿子瘸着腿举着伞在村里走了三个来回，那是儿子摔断腿后第一次出门转悠。

那时，男人正跟女人在家大吵。

男人说，儿子的腿是女人耽搁了。

女人说："我没日没夜地守着儿子，倒把他耽搁了？"

"没耽搁咋瘸了？"男人说，"你没见过世面，见过世面的能让他靠自己养？你以为头疼脑热呢，那是断腿，能养好？"

听男人骂自个儿没见过世面，女人的气不打一处来。女人说："你才外出几天？就觉得自己见过世面了？山里人哪个断胳膊断腿的出过山？我怎么就错了？"

男人咬着牙骂女人，说："你咋那么死相？儿子从山上摔下来了，咋不给我打电话？"

"打电话？"女人说，"还不是为了让你在外能安心，你爹病了我都没叫你回来，替你着想也错了？"

男人生气地说："不打电话，你也不会找几个精壮后生，把儿子抬到东梁上坐车出山找个医生？"

女人说："你咋站着说话不腰疼？儿子吃饭、喝水、出气都好好的，找人抬着出山干啥？"

女人从没跟男人顶过嘴，女人顶嘴，男人很吃惊。他冲着女人呸地唾了一口，说："你是找不上精壮后生。"

女人的脸气白了。

看女人哆嗦，男人愤愤地说："儿子成残疾了，我还出外受个

家庭篇

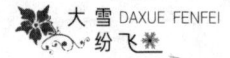

啥气啊？"

女人说："受气就待在山里，咋还非得去到山外？山外有热闹让你瞅？"

男人说："山外就有热闹让我瞅，比守着你强多了。儿子成这样了，有啥过头？"

女人说："没啥过头就滚，这个家离了你又不是不转。"女人说着，拿起扁担就打男人，她边打边撕心裂肺地喊，"你滚，滚得越远越好。"

那段时间她咋那么大的火，像点着炸药库似的。

衣服前面被雨浇得精湿，冷得不行，女人就倒退着走，走到东梁时，女人成了落汤鸡。

靠在槐树上，女人的腿抖得很厉害。遭了雨淋又遭风吹，女人像个泥人，整个人都要倒了。女人呼呼地喘着，使劲儿撑起身子。

女人向大同的方向瞭望，女人想起男人领着她在这儿割麦子，她在前面割二拢，男人在后面割三拢。割着割着，男人就嘿嘿嘿笑开了，调笑她。她一听，就追着男人打，他们在麦拢里疯跑。

一晃十二三年了，女人想不到，男人会离开她。

一辆车从山坳里浮了上来，在山腰上转了一阵儿，沉到了山底。

自个儿是不是在等男人，女人也不知道。反正，女人觉得，往大同方向望，是自个儿想要做的。在这儿，女人望了半年了。半年中，女人一次也没望着男人。女人没望着男人，西山洼的人却望着了女人的脸色。女人的脸色像阴雨天，越来越暗。

"病得不轻咧——"，这话又在她耳边响起来了。女人想，病得不轻,男人就一定会回来。刚结婚那阵儿,男人有个头疼脑热的,巴不得让她知道,巴不得看她着急。男人躺在炕上,哼哼唧唧。她抓着男人的手,眼泪哗哗地流。现在男人病得不轻,倒不需要她了?女人觉得不可能,男人赌气,不至于一直不回家。

前晌,小卖部胖嫂喊儿子接电话时她也去了。她佯装买盐,只听儿子说:"在,在跟前儿"。儿子边把电话递给她边说:"要跟你说。"女人以为电话那头是自个儿男人,她的气性一下又大了,冲着电话喊:"没事打啥电话?你有闲钱打,我还没那闲工夫接呢!"女人的声音很大,她想让西山洼的人都听见,男人给她打电话了。她要让人都知道,不是男人不理她了,是她不理男人了,省得那些嚼舌头的婆娘们暗地里嘲讽她,说男人不待见她了,说她想让男人回来男人也不回来了。

说完这句话,女人扭头就走。她咋也没想到,电话那头不是男人,而是矿上的领导。儿子回来说是矿上领导打来的电话,她还偷乐。当时,她问儿子:"是不是你爹想回家,让领导说和了?"没等儿子回答,她就说:"不行。"她虽说得坚决,但心里巴望男人早点回来。自打西梁上刘青的腿被车撞成了骨裂,女人对男人的气就少了。当时,村人断言说刘青非得残疾,可刘青爹把他送出山一治,刘青几个月后硬硬朗朗,全全乎乎地回来了。她想,依着男人的说法,把儿子早早送出山,儿子啥毛病也不会落下。但女人历来是不服软的,尤其是面对自个儿的男人的时候。

男人在山外,不知道能不能吃上炸糕。一吃炸糕,三个五个根本填不饱男人的肚子。女人想着,更生男人的气了,她的一番心意,儿子不懂,男人咋能不懂,咋非得请他才回来?

山梁上的车终于到了她跟前。

可是，车没停，向另一个山洼开去了。女人的眼睛一直随着车移动，见没人下车，女人的心像被猫挠似的，不舒服。

半年里，女人每天正点都来接这趟车。女人接到过山外上学的刘旺家闺女，接到过山外打工的许虎，还接到过在大同上班的刘熊的儿子刘开平。接到刘开平，女人高兴极了，她帮着刘开平把大包小包的东西往家拎。刘开平问："姨，您接人呢？"她慌慌地说："没、没，挖猪菜呢。"她想让刘开平说说大同，说说自家的男人。可是，刘开平只说："听说叔也在大同打工，可我一次也没见着。"

一次也见不着？女人有点不相信，同在大同，咋能一次也见不着？在西山洼，同一个人，一天不碰三次面，那才叫奇怪。刘开平说，大同大，很大，顶一万个西山洼。

女人不知道一万个西山洼有多大，她扳着指头数数，1，2，3，4，5……，数到100就数不下去了。女人想问问，大同难道比西山洼四周的山还大？话到嘴边，女人没问。女人不想让西山洼的女人们知道自个儿在打听男人的事。

没人下车，按以往，女人该回家了。但这次，女人不想回。

雨停了。地里的向日葵经雨一浇，叶子嫩绿嫩绿的。向日葵上挂着的雨滴一滴滴地往下掉，打在下面豆荚秧子上，嘀嘀嗒嗒，嘀嘀嗒嗒。

男人走后，女人的眼泪就像这雨滴，嘀嗒了一夜。

男人走时留下一句话："你要不说是你耽搁了孩子，是你错了，我一辈子不回家。"

女人不知道，男人咋非得让她担这个罪名，莫非她承认是她耽搁了孩子,孩子的腿就能好?事儿已经这样了,男人咋非得较这个真儿?女人不知道,男人是借赌气的名儿出外挣钱去了。这话是儿子接罢电话说的,儿子说矿上的领导说他爹给他挣够钱了,也给他联系好医院了,说他的腿一动手术就好了。儿子说罢这才又说男人病了,病得不轻,领导说他们娘儿俩最好都能去。

"不能去。"女人觉得,她要是出山看男人,西山洼的女人又会嚼舌根了。她觉得,领导电话里说的有出入,一会儿说她男人挣够钱了,一会儿又说他病了,这不明摆着诓她吗?虽这样想,但儿子的眼泪又让她疑心男人真的病了。

那次一走,男人真的没再回来。这叫啥男人?这叫啥男人!女人常常这样念叨,可念叨归念叨,日子一长,女人对男人的怨变成了思念。女人想,等男人的气劲儿过去,准会回来道歉。男人的脾气女人很清楚。女人甚至还想到了男人向她道歉的话:"是我对不住你,你费心操持儿子,我还计较。你大人大量,甭计较了。"说不定,男人会抓着她的手打自个儿。女人想好了,要是男人把她的手放在他脸上,她肯定不会使劲儿打,只会佯装生气,摸一下就得了。况且,确实是她自个儿没见过世面,耽搁孩子了……

女人一遍遍地想着跟男人和好的场面。

她脑海里又出现那句话,"病得不轻咧——"

女人对着大同方向,双手合十,嘴里叨叨:"他不回家也好,不理我也好,不管咋样,他的病好了最好。"

看着车淹没在山洼里时,女人觉得不对劲儿了。按理说,生了病男人咋也该回来,可他咋就没回来呢?难道他病重得不能动了?不能走了?为啥让她和儿子都去?

女人站在槐树下,腿哆哆嗦嗦地抖,好像受了惊吓似的,连着打了几个冷战。

天暗下来后，女人返身往家赶。回到家，女人得知儿子去了大同。这是橘子跑上来告诉她的。橘子说："你家麦根儿又给十二矿打电话了，说你家男人下窑时被砸断了腿，走不了路。你家男人想让你也去瞅瞅，可麦根儿说你不乐意去，他说他先去瞅，瞅完了回来告诉你。"

砸断腿了？天啊，儿子瘸了，男人也要瘸了。女人坐不住了，没法再赌气了，也不怕西山洼的人说闲话了，只想赶快给男人打电话。儿子把电话号码记在墙上挂着的日历上。

儿子的字歪歪扭扭的，0352—3025×××，这几个数字，她早背得滚瓜烂熟了，每次翻到这一页时，她的心里就暖暖的。

电话打通后，女人听到一个甜甜的声音"接挖掘一组请拨1，接挖掘二组请拨2……"，听见声音，女人吼着说："我找胡启明，他是我男人。"可甜甜的声音还继续说："接挖掘四组请拨4……"女人愣了，她不知道该拨几。她先是拨了1，电话那头说没有胡启明这个人。她又拨2，还没有这个人，直到她拨到6，电话那头一个女人说："找胡启明啊，在医院里呢！"女人一下子急了，说："咋进医院了，不行了吗？"山里人只有不行的时候才住院，看来男人真是病得不轻咧。

电话那头不耐烦地说："咋不行，好得很呢，一下子挣了6万。"

女人一头雾水。

"啥6万？"女人说，"生病还能挣钱？"

"不是生病。2号窑子塌了，老板说谁敢下去把窑口打通就给谁钱，不负伤给2万，轻伤给4万，重伤给6万。胡启明说他家儿子急着用钱做手术,就下去了。窑口打通后,他的腿也断了。救援的人说,他的腿不是被压断的,是他自个儿打断的……"说到这儿,电话那头突然问,"你是谁,咋打听得这么详细?"

女人啪一下把电话挂了,二话没说,急急地往家赶。身后,胖嫂追着喊:"9块,唉,9块,咋不给钱就走了?"

女人没听见,只一门心思往家走。她想好了,回家安顿一下就去大同。虽说这个点儿天比锅底还黑,也没有出山的车了,但女人打定主意了,今晚一定要去,就算走不动,爬也要爬去。女人算计了一下,现在走,天明准能走出山。上了大道,就能搭乘进城的早班车了。

那夜,西山洼玩牌的人半夜回家时看到,山洼里有一个亮点绕着山梁闪了半夜,天亮后才消失。

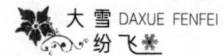

较 量

水丽躺在美容床上，想好好睡一觉。

阿敏灵巧的手指从水丽的下巴处向上一抹，一弹，在穴位处一按，不轻不重，很舒适。

阿敏手下有五六十个固定顾客，有一周做一次的，有半月二十天做一次的。不算散客，阿敏每天得做四五个，碰着既做脸部按摩和刮痧，又做腹部、背部按摩或刮痧的大户，一天最多做三个。这些固定顾客，有做了十来年的，有做了两三年的，都与阿敏处成了朋友。她们约定好时间来，边做美容边和阿敏聊天。她们聊完自个儿聊公婆，聊完公婆聊亲戚，日子一久，顾客家的情况，阿敏了解个八九不离十。可阿敏一点儿也不了解水丽。水丽做美容的点儿是中午1点，脸还没按摩完，她就睡着了。有几次水丽睡醒，阿敏打听她的家境，她都打着哈哈应付。那意思再明白不过了，她不想谈。"水丽有钱，牛着呢，她瞅不起美容师。"阿敏总跟人这么说。水丽虽然做了五年美容，但水丽和阿敏还是顾客与服务生的关系。

水丽像一座装备森严的堡垒，真枪实弹都没试探出她的深度，何况是几个毛丫头！五年来，除了买商品，水丽确实不跟美容师交谈。谈什么？家庭？丈夫？在商海中摸爬滚打了那么些年，水丽不会天真到跟一个小女孩子诉苦。她知道，特美佳美容院七位美容师有五位是小喇叭，这边刚说，那边所有的顾客都知道了，她才不会把自个儿的隐私当新闻。水丽不傻！

眼下，为解困，几个美容师又天南海北地聊，从电视剧《倾城之恋》中的白流苏聊到爱情。她们并不了解张爱玲，甚至不知道《倾城之恋》的作者，更不分析原著中男女主人公的真实情感，电视演啥，她们就信啥，她们跟着电视剧哭、跟着电视剧笑、跟着电视剧激动。后来，她们又从电视剧聊到了舞会，她们聊自己，也聊别人。当然，聊到换代产品，她们也会聊聊有钱的顾客。顾客买的产品多，她们的提成就多，顾客是她们的钱袋子。

迷迷糊糊中，水丽听见她们在聊一位名叫曹妃的女子。

一个说："曹妃姐又买了一套新产品，3400元。"

另一个说："上次，她还买了一套内衣，2800多元，还补了一套玫瑰精油，500多。"

阿敏说："她说我推销的内衣，穿在身上特别贴身，于是又打电话订了一套，乳罩、裤头、束身内衣，加起来近5000块钱。"

一个说："你运气好，有这么一个大户倒顶事儿了。"

一名顾客醒了，声音虚虚地问："曹妃干啥呢？这么有钱？"

阿敏说："没干什么，人家老公开着公司，能缺钱？瞅瞅人家那活法儿，一星期花咱三个月工资……"

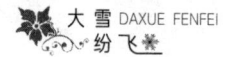

水丽不陪阿敏聊,阿敏就搭其他顾客的话茬儿。

一位声音沙哑的美容师接口说:"她老公特别疼她,顶到头上怕摔了,含到嘴里怕化了,真是,要星星不敢给月亮。"

"谁让人家漂亮呢?"

"不是漂亮,是人家有福,也有不漂亮的,老公不照样惯着?"

听大伙争着说话,水丽始终没言声儿。她略略伸了伸腿,闭着眼想象曹妃,这女孩儿肯定时尚,跟这些美容师岁数差不多大,又嫁了一位很有钱的丈夫。她丈夫是干啥的呢?说不定还是认识的人呢。嫁汉嫁汉,穿衣吃饭,这曹妃真是有福人。自己这么大时,那才叫可怜。一大早到东关进货,然后蹲在西门外城楼下卖袜子和裤头,一天赚十几块钱,风吹日晒,脸黑得像焦炭,皱巴得像发芽的山药。那时候,她二十来岁,油也不舍得抹,皴得厉害就抹点儿雪花膏,哪想到过做美容?不是妹妹劝,虽然腰缠万贯,她也想不起来美容院享受。妹妹说:"你没日没夜在厂子里干活,挣点钱都让大年花了,自个儿反倒抠抠索索的,欠他啊?"

想起大年,水丽的嘴抽动了一下。

阿敏正在为她做眼部按摩,水丽知道,阿敏想把她眼部深深浅浅的皱纹按平。为她眼部那几道皱纹,阿敏没少辛苦。毕竟,她算阿敏手下的大户,颈部护理、眼部护理、背部拔罐、卵巢护理、脸部刮痧,只要美容院有的项目,她都做。虽然不像曹妃那样,半月花六七千块钱,但像她这样大方的顾客能有几个?再怎么,阿敏也得做个样子。若她皮肤没改善,阿敏咋跟其他顾客宣传产品?阿敏敲一阵,又用两手指顺着皱纹捋,像推土机似的,非要把那几道皱纹推到她耳朵后。水丽觉得眼部一阵酸疼,她轻轻地咳了一声。阿敏的手劲儿立马小了。年轻时没做皮肤护理，水丽的皮肤就像营养不良的孩子，从小落下了病根儿。阿敏说了，长了皱纹，去是去不了了，能维持现状就算好的了。对那些护理项目，她也没抱多大希望。她来做美容，主要是出于对大年的抵抗。说白了，服装厂是她开的，为那个服装厂，她投了十年精力。大年呢，先前还有班上，啤酒厂一倒闭，倒成了坐在家里的男人。现在，他竟然大把大把花钱，打麻将输七八千块钱，眼皮都不眨一下，一个月竟然花掉小两万块钱。这算啥男人？自己辛辛苦苦大半辈子，做个美容又咋了？再不保养自己，大年可能要养一个小女人了。瞅瞅他现在看自己的眼神儿！想到这儿，水丽的嘴唇又抽动了一下。

　　美容师们又换了话题，她们不再谈论曹妃，开始谈中央三台的"星光大道"，说谁很有气质，准能得月冠军。水丽对这些不感兴趣。她想起万盛和东方的两个柜台到期了，得赶快续交定金。那两个柜台，除卖上海、北京的名牌服装外，还卖她自己服装厂的衣服。虽然质量不算上乘，但因物美价廉，也挣了一大笔钱。

　　曹妃敲门进来时，阿敏正给水丽涂面膜。

　　几个美容师同时喊："曹妃姐——"

　　水丽想看一眼却没法睁眼，只好闭着眼听曹妃说话。曹妃的声音软绵绵的，但软中带磁，像过去留声机中放出的声音。她坐在水丽旁边的床上说话。她说："今天真热，本打算不开车了，我老公出门一探，立马让热浪挡了回去，非得让我开车来。"

　　阿敏说："曹妃姐，咋不到点儿就来了？你先坐坐，这个立马完。"水丽知道阿敏是在说自己，莫名其妙地，她心里涌出一阵不快。阿敏怎么断定她不做拔罐？也太势利了！水丽想拖住阿敏，看看她怎么向曹妃交代。

家庭篇

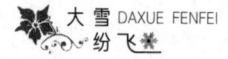

水丽眯缝着眼儿瞅了眼曹妃,她正在脱衣服,一截儿洁白如玉的胳膊在水丽眼前晃了一下。

曹妃脱下衣服,几个美容师争着试穿。

一个说:"你穿上没有曹妃姐好看。"

这个说:"我没人家身形好。"

一个又说:"曹妃姐气质好。"

这个说:"要不人家老公怎么舍得投资呢?换成咱,几千块钱的衣服,不糟蹋了?"

曹妃声音细细地说:"瞅你们说的,你们哪个身形不好?这衣服服帖,做工讲究,瞅那儿,鼓蓬蓬的,正好是乳罩的部位。"

一个说:"真的,瞅瞅,瞅瞅,像个布袋子,就差装货了。"

另一个说:"你那豌豆大个东西,撑也撑不起来。看曹妃的,这衣服只配她穿。"

几个人哈哈大笑,边笑边推攘。

"这衣服从哪儿买的?这么别致,我咋没看到过?"

曹妃说:"我老公到上海出差时买的。"

这个就惊讶地说:"怪不得呢,大上海的衣服,能不好?"

涂完眼膜,阿敏迫不及待地掺和了进去。阿敏是美容师里最漂亮的,高高的个子,细细的腰,长长的腿。她的眼睛很大,皮肤很白,唯一的不足是牙床有些外露,不笑还好,一笑,那美就打了折扣。水丽虽说是女人,爱看美女,但对于阿敏,她抱有很大的偏见。她讨厌阿敏的势力。上次,她给一个女人做基础护理,就因为人家花钱少,在人家脸上划拉了几下就交差了。

阿敏看见曹妃,满面笑容。她讨好似的跟曹妃说:"你先躺躺,展展腰,这儿马上就完。"

上完眼膜，阿敏在水丽头上按摩了几下，揪了揪她的头发，摁了几下穴位，就算交差了。

凳子喳啦一声，阿敏站起身，要去给曹妃做了。这不明摆着糊弄人吗？水丽一下不高兴了。她照旧闭着眼，说："阿敏，今儿个你得给我拔拔罐，我买产品了，不做浪费！这两天，我这颈椎也不舒服。"

她听到阿敏的鼻孔在呼气，不用想，阿敏一定跟曹妃挤眉弄眼呢。上次，阿敏给那位女子做，她在旁边等着，那女子让阿敏再给按按颈椎，阿敏边按边翻白眼儿，临完，还跟水丽扁了扁嘴。现在，她跟曹妃比，曹妃的重量更重些。这就是买卖，谁带来的效益大，谁就是上帝！水丽又想起了大年。她把两个柜台交给大年经营，刚开始，大年自己定价，好糊弄的，他就收高价，结果，经营很惨淡。后来，她给定了标准价，这才把两个柜台维持住。水丽想想，大年不像丈夫，倒像个大小孩儿，啥事儿也离不开她。

从进门儿，水丽就说了这一句话。这句话，就像一颗炸弹，忽然把那些叽叽喳喳的声音炸飞了。美容院一片沉寂。

水丽等阿敏发言，她倒要看看，她咋处理这件事。按说，曹妃没按约定点儿来，活该等着。水丽不也因早来半小时等过吗？阿敏还没说话，曹妃竟然说："阿敏，能不能做？"她问得很平静，咬字清楚，没一个字是高音。

阿敏好像肚里有一堆话，但又不知先说哪句。支吾半天，阿敏站了起来。她走过去，打开音箱，伴着轻柔的钢琴曲，啪地把一本书扔到了床上。

水丽立刻恼了，大年就这样，一恼，一不顺心，就爱摔东西。这种行为很招人恼。

家庭篇

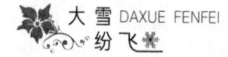

水丽忍着,没言声儿。

阿敏打了水,边给她洗面膜边说:"曹妃姐,你先听听音乐,看看书。"

一位美容师说:"曹妃姐,你先躺着睡一觉,腾出手来就给你做。"

另一个美容师也说:"曹妃姐,先缓缓,咱聊聊天儿。我们正念叨你呢。"

曹妃成了美容院的主角,美容师都围着她转。她不就是消费大户吗?有什么了不起?水丽冷笑了一下。

马路上,一位卖西瓜的汉子扯着嗓子猛喊:"西瓜,西瓜,7毛钱一斤。"水丽渴了,她不习惯用美容院的纸杯,宁可渴着。

面膜洗掉了,水丽终于睁开了眼睛。她从对面的镜子里看到了曹妃。她有着尖下巴,葡萄眼儿,高鼻梁,有点像电视里的林黛玉,却比林黛玉胖。她已经换上了宽大的美容服,露着大半个胸,不由得把人的眼光拉了过去。她雪白的脖子像石膏,细腻光滑,看不到一点褶子。她正低头看书,一翻书,翡翠镯子在圆滚滚的手腕上转着圈儿。这是个尤物,怪不得能找上有钱人。水丽心里酸酸的,有一股醋意。她好像从没年轻过。刚结婚时,大年一月挣500块钱,他俩就数着钢镚过日子,柴米油盐还顾不过来,哪顾得了脸?

看着这么纯净漂亮的女孩儿,水丽想让步了。其实,拔罐做不做都行,她一星期做一次美容,可拔火罐她半月二十天才做一次。

她转过脸,刚要跟曹妃说话,曹妃却厌恶地瞪她一眼。就这一眼,打消了水丽所有的好感。漂亮女孩,天生有股傲劲儿。水丽撇了一下嘴，又趴到床上。

曹妃斜睨了一眼水丽，端起纸杯子，噗噗地吹了两下，滋溜着喝。喝一口，她便用小拇指的长指甲把鬓角的碎发勾到耳后，又看了眼水丽，轻蔑地笑笑，声音嫩嫩地冲阿敏喊："阿敏，能不能给我调一下时间，我老公还等我去喝茶呢。"

阿敏在卫生间接水，听到这话，把头探出来，盯了一眼儿水丽，噘起嘴。她的小动作，水丽只当没看见，她决心已定，拔罐非做不可！

早上，水丽跟大年发了一通火。一个多月来，大年总共在家睡过一夜，其余时间都泡在麻将馆。她去柜台结账，没想到，大年提前结算了，连个招呼也没打。昨天，她跟大年商量，不行就抱个孩子吧，没想到，大年竟然不让领养了。以前，她不让领养，现在，她妥协了，他又改主意了。

曹妃跟美容师们聊得火热。她们聊的话题，像一根线一样系着她的心。她们聊得越深，线揪得越紧。她的心生疼。

曹妃说："他硬想让我怀孩子，那坏——"，说到这儿，她捂了嘴笑。

说罢，曹妃又坐到床上，把茶几上的杯子端起来，吸溜着喝了一口，说："我老公每天早上先出去试试冷不冷，再回来喊我起床，倒有耐心。"

"这么宠你，知足吧。"

"还不是因为比我大？他大我10来岁。我跟他说，你跟女生划三八线时，我还在娘肚里呢。早上吃饭，他盯着我发呆，我问他咋不吃，你猜他说啥？他说你太美了，秀色可餐，还用吃饭？"说到这儿，曹妃停下了。她没法说出那个场景，虽然幸福，但不能说。早晨吃早点时,老公不吃,盯着她看了半天,绕过餐桌,一把把她抱住了。他说:"给我生个像你一样漂亮的孩子,行不行?"他这样说时,使劲儿一抱,要把她拉进他身体里似的。他还说:"咱先怀上,然后就办手续……。"瞅他那劲儿,好像怀孩子十万火急似的。这让曹妃很放心。如果他不想结婚,咋那么急着要孩子?他老婆死了不到半年,他说急着结婚怕人笑话。同居后,他们就一直老婆老公地喊。这些,她不能跟美容师们说。说啥?做美容又不需要看结婚证。

美容师们哈哈哈附和着笑。水丽觉得没啥好笑,小孩气!不过,听她一说,她老公倒是个风趣人,不像大年。她不先说话,他也不说话,哪有风趣可言?

曹妃等得不耐烦了,她走到茶几边,用修长的手指从果盘下捏出几粒瓜子,慢慢地嗑着。嗑——嗑——嗑——,声音那么轻,节奏那么匀。进门时,水丽就见那个果盘了,玻璃制品,四周雕刻着精致的花纹,下面放着瓜子,上面搁着几个苹果。

"我是一只爱了千年的狐,千年爱恋千年孤独,长夜里你可知我的红妆为谁补,红尘中你可知我的秀发为谁梳……"曹妃的电话响了。曹妃说:"排队呢!什么,给钱?不行,都做着呢,让谁让?老公——,别这样,你先去办正事儿。好,行了嘛,人家正聊天呢!"曹妃的声音像是从水里捞出来似的,水淋淋、潮乎乎的,在这炎热的夏季,那声音透着甜腻腻的味道。

阿敏又来兴趣了,问:"老公呀?"

"是的,他等不得了,让我给前面的人掏50块钱,让我先做。我说人家正做着呢,他说掏100块,她能不让?"她斜了眼水丽,接着说,"他这人,自个儿一刻也不想在家待着。"看来,他老公的确挺有钱的。没钱人，谁愿意掏 100 块钱买时间？不就是喝茶么，又不是生孩子。水丽真搞不明白，有钱咋能这么无视人。瞅她说话时的样儿，眼睛一个劲儿瞟。好像为 100 块钱，她就该让出来。也太小瞧人了，来这儿的人，谁没钱？她的裁缝厂虽然不大，但也有十几台机器，8 个裁缝，除给饭店、宾馆、专卖店做工作服外，还为两个柜台做些时尚衣服。忙是忙点，但钱也是哗哗地来，也不至于穷到挣她 100 块钱。

水丽更来气了。

那个卖西瓜的汉子又回来了，窗外又响起他高一声低一声的叫卖声儿。他好像要把这城市里的人都叫出来，买他的瓜。

曹妃走到窗前，撩起细纱，说："哟，那瓜不赖。"然后，踮起脚尖，推开上面那扇开着的窗户喊，"唉，给我送三个，拣大的。"

曹妃把西瓜切开后，在各个美容师跟前都放了两块。轮到水丽这儿，她拿着一块瓜，冲着阿敏说："阿敏，不急着拔罐，先吃块瓜。"

阿敏看了眼水丽，脸上很不自然。在曹妃督促下，阿敏也拿起瓜啃。没一会儿，吸吸溜溜，吃瓜声四起。水丽趴在床上，一动不动。

阿敏拔罐时，曹妃又坐回床上，一副要躺下的样子。水丽侧过身子看，镜子里，曹妃正在往下放头发，一头橘黄的秀发披散开，盖住了大半个裸背。

水丽咬了一下牙，好像下定决心似的。

阿敏正倒水时，水丽说："阿敏，上次买的精油还没咋用吧？"

家庭篇

今天我有空,做个卵巢护理吧。"

阿敏停下了,手里端着一铝盆水,痴呆呆地站着。曹妃刚躺下,又一下坐起来,小脸刷一下白了。她瞪着一对葡萄眼儿盯着水丽看了半天,气呼呼地说:"这、这大、大嫂。"她犹豫着这么称呼,显然,是要用刻薄的话损水丽了。水丽比她大,也不至于大一个辈分。她说:"这大嫂,挺大岁数了,咋不早说?害我等了半天。早知你做这么多,我就不等了。"说罢,她三两下穿好衣服,背起米黄色斜挎包,三步走到门前,一摔门,走了。门外响起汽车发动声。

曹妃开着一辆白色奥迪,这车水丽见过。上次,大年跟她在宇龙车行看过,卖36万。大年让她买,她说,要那么多车干啥?大年说开奥拓太土气了,想换一辆。她一生气,把本田让给大年,自己开奥拓。

曹妃很生气,早听说水丽生性别扭,没想到竟然有点变态。曹妃左转右转,把一肚子怨气撒在了方向盘上。忽然,水丽呆住了,她眼睁睁看着曹妃把车倒在了奥拓上。奥拓的红漆被蹭下一大块儿。

奥拓左边,一个小孩在堆石子玩。突然,哗一声,石头被疾驶的车撞倒,小孩哇一声哭了。

隔着窗户,曹妃跟水丽吵起来了。

紧接着,小孩儿的母亲跟曹妃吵了起来。曹妃嚷嚷着说:"小孩儿不该在车跟前玩儿,更不该在马路边堆石子。虽说这是家属区,但车来车往,没撞着孩子就算万幸了。"她又说也不能怨她一个人,谁让奥拓车横放在马路上呢。这一来,这两个女人吵了起来,水丽出来,站在边上看。

女人抱着孩子进了楼,曹妃盯着水丽,眼里有一块小小的光跳动了几下,像小心翼翼探头探脑的小老鼠。

水丽偏偏不言声儿,她盯一眼自己的车,盯一眼那堆石头,再盯一眼曹妃。

阿敏几个站在曹妃身旁,就好像曹妃是弱者,需要她们的同情、安慰和帮助。

阿敏识相,走过来,挎住水丽的胳膊,把她脸上没洗净的一小块面膜撕下来,亲热地说:"水丽姐,抬头不见低头见……"话没说完,水丽说:"不是有钱吗?不是耍大吗?告诉她,赔我5000块钱,咱们井水不犯河水。"

曹妃眯了眯眼睛,一对亮晶晶的葡萄眼儿眯成了一条缝儿,一丝浅笑从她的眼睛里溢出来。

水丽依旧拉着脸。

曹妃给老公打电话,这在水丽的预料中。

她也拿出电话准备给大年打,但她想想,算了,大年来了能干啥?遇见事儿都是她解决的,大年来了反而添乱。虽这样想,她还是拨了出去,可大年的手机却占线。索性不打了吧。有理不在人多,这是法制社会。这样想着,水丽开了车门,坐进车里等着。

外面,美容师们围着曹妃叽叽喳喳,那叽喳声很令人生厌。水丽把音箱打开,以胜利者的姿态享受着音乐。

出乎水丽想象的是,没一会儿,大年开着黑色本田出现了。他戴着墨镜,穿着一件白色休闲短袖衫。早晨从家走时,他可不是这副打扮。他从车里刚一冒头,曹妃就直奔过去,边跑边哭,边哭边说:"老公,老公,你瞅瞅,你瞅瞅,那破车,纸糊的一样,一碰就烂了。她不就开个奥拓吗?车也不值一万,非让我赔一万。"说

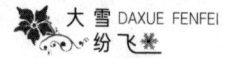

罢，曹妃小鸟一样伏在大年身上撒娇。

大年刚注意到奥拓，手里的墨镜啪一下掉到了地上。

水丽从车里缓缓钻出来。四目相对时，惊讶像破成两瓣儿的车牌，一半挂在她脸上，一半挂在他脸上。